U1006168

文学固原丛书　王正儒◎主编

# 黄土墙上的月亮

古原　著

黄河出版传媒集团
宁夏人民教育出版社

**图书在版编目（CIP）数据**

黄土墙上的月亮 / 古原著. -- 银川：宁夏人民教育出版社，2017.5
（文学固原丛书 / 王正儒主编）
ISBN 978-7-5544-1986-1

Ⅰ. ①黄… Ⅱ. ①古… Ⅲ. ①诗集 - 中国 - 当代
Ⅳ. ①I227

中国版本图书馆CIP数据核字（2017）第104836号

文学固原丛书　王正儒 主编
**黄土墙上的月亮**　古原 著

责任编辑　虎雅琼
封面设计　星　秀
责任印制　殷　戈

黄河出版传媒集团
宁夏人民教育出版社 出版发行

出 版 人　王杨宝
地　　址　宁夏银川市北京东路 139 号出版大厦（750001）
网　　址　http://www.yrpubm.com
网上书店　http://www.hh-book.com
电子信箱　jiaoyushe@yrpubm.com
邮购电话　0951-5014284
经　　销　全国新华书店
印刷装订　宁夏凤鸣彩印广告有限公司
印刷委托书号　（宁）0004700

开本　787 mm × 1092 mm　1/16
印张　13.5　字数　157千字
印数　1500册
版次　2017年5月第1版
印次　2017年6月第1次印刷
书号　ISBN 978-7-5544-1986-1
定价　32.00元

版权所有　侵权必究

# 文学固原丛书（第二辑）编委会

主　编　王正儒

副主编　郭　隗　李志坚　王成明　杨风军

编　委　王正儒　郭　隗　李志坚　王成明　杨风军

单永珍　李　方　倪金栋　王永伟　马金莲

# 总　序

王正儒

2015年，固原市委宣传部、文联耗时近一年编辑出版了“文学固原丛书”第一辑共十四卷，包括各文类选集四册、各县区作品选集五册、个人作品集五册。我们在选编九册各类作品选集时尽可能突出普遍性，意在呈现固原市文学创作的整体水平；五册个人作品我们特邀石舒清、郭文斌、梦也、火会亮、了一容五位作家各自选编了他们自己的作品编辑成册，这五位作家的作品大约代表着目前固原文学创作的较高成绩，也代表着新世纪以来固原市作家的整体风格和艺术追求。但这十四卷书并不是固原文学创作的全部，因为还有更多的作家尤其是青年写作者近些年来勤奋创作成绩斐然，所以在这十四卷书出版之后我们就着手选编第二辑“文学固原丛书”。

第二辑“文学固原丛书”从现有的固原作家中选出在各个文类如诗歌、小说、散文和评论创作中具有代表性的作家十位，诗歌如王怀凌、单永珍、周彦虎，小说如马金莲、许艺、王玉玺，散文随笔如程耀东、古原、樊大学，评论如倪万军。

本辑十位作家的创作各有其审美趣味，各有其文学追求，既有固原文学传统的一面，又有超越地域影响而呈现出的大格局。如王怀凌的家园书写和人生况味，如单永珍在西部高地的精神漫游和神性书写，如马金莲对回族女性日常生活细腻温婉的观照，如许艺的才华和其作品中先锋小说华丽的背影，如程耀东散文中的知识者情怀和乡土叙述，如倪万军评论作品中的史观与方法论的启示，等等。从这十位作家的整体水平来看，我们完全有理由相信，如果第一辑五位作家代表着固原文学的突出成绩，那么本辑十位作家则代表着今日固原文学的普遍实力。

不过，若论及固原文学的实力，除了这十位之外还有更多的写作者以他们的才华，以他们对文学的挚爱，以他们对这片土地的热恋书写着各自的文学梦想。我想今天这若干册“文学固原丛书”的出版也不过是一个系统工作的开始，在以后我们还要持续推出其他作家的作品，尽力呈现文学固原完整的样貌。当然，编辑“文学固原丛书”，我们虽然想让读者诸君看到成绩和水平，但绝非夸耀，因为我们的重要目的在于鼓励作家的创作，在于引领地方文化向着有意义有价值的方向发展。至于这一点，我倒是希望“文学固原丛书”的出版能够得到更多读者乃至社会各界的关注，以更大的社会力量来推动地方文化的发展。

最后，值得一提的是，在“文学固原丛书”的编辑过程中，固原市文联杨风军、单永珍、李方等在策划、选稿、编辑及上下联络工作中付出了巨大的努力，这是要特别感谢的。

2017 年 4 月 10 日

# 乡土里散发的文学意味

古原

出版一本薄薄的散文集,是我的一个心愿。

这本小集子可以随意拿在手上,也可以装在一个朴素的书包里,在我去乡下老家的路途上,手里和心里都毫无负担。最重要的,我最初的愿望是,我希望亲爱的读者手里和心里都毫无负担。我这样说的用意,亲爱的读者能够明白。毕竟,安静地读完一本书,需要多么大的勇气和耐心啊。

这一心愿,缘自近30年前的一本书。

1988年,固原师专(现宁夏师范学院)中文系学生毕业前夕,学校安排我们全班同学去海原回中实习,期间,那年3月的一个中午,我独自去海原新华书店买书。一眼在书架上发现了一本薄薄的《新千字散文》,没有注意作者,翻开淡雅的封面,目录中许多关于陕西及评价陕西作家的文章将我深深吸引。《彩灯一路走九曲》《黄水拍打着她的左右岸》《路遥贾平凹比较谈》等,我捧书立于店内,很快读完,书价1.30元,毫不犹豫买下。回到学校,两个半天就将这本散文集全部读完。书名《新千字散文》,每篇文章的确千字左右,读起来毫不费力,过段时间又想翻阅品味一番。现在来看,这些写于上世纪八十年代初期的作品有许多粗糙之处,但可贵的地方在于，原汁原味的生活里，带着山野的清新之气，有着作者的真挚情感。有些篇章是原生态一般的陕北风情录，形成文字，扑面而来生活的气息，是“沾着泥土，接上地气”的文章，让人看到一方水土的个性与魅力。

现在，近30年过去了，我亦50岁了，这本200多个页码的书依然在我的书架上，陪伴着我的读书时光，让我在浮躁中努力安静。只是，在无数次翻阅中，书的封面已残缺不全，封底不所魂归何处，整本书边角卷起，经历了沧桑似的，和我默默相对。我永远记着作者的名字：高建群。

这接近30年的时间里，我写了一些篇幅短小的散文，是我心中的“千字文”。我静静地感受，慢慢地书写。阳光照耀着的山坡，白雪覆盖的村庄，月光下的黄土墙，挖窖的男人，扎着鲜艳头巾怀抱孩子走娘家的女人，因下了一点雪上车时便相互谦让起来的回族老人，眼望天空企盼雨水的小报编辑，头搭盖头在炕柜里摸索白色方糖的奶奶，父亲的咳嗽，母亲的笑容，以及天气、旱情、雨水、积雪，故乡粗糙的外表下，生活的艰难苦涩之中，还有温润细腻，还有深沉博大，还有明日希望，还有诗歌与书画。“人类心灵深处的情感，仍然闪耀在乡村古老的土墙上，还有土墙上的那个月亮。那个恬静而又深邃的月亮，将人的心灵的每个角落一一照亮，让人变得柔软起来，变得善良起来，似乎包容一切，一个笨拙的躯体里似乎跳动起了一颗充满爱的心。”（《黄土墙上的月亮》）

现在，这一心愿终于实现了。这本单薄的集子，连同那本《新千字文散文》，会永远陪伴着我，让我在固原这一方土地上行走之时，让我在落日的余晖里，回味文学的美好与艰辛，延续我的文学梦想，给我一点充实，给我一丝甜蜜。

我相信，故乡永在，文学根深。

2017年2月9日

# 目录

Content

# 黄土墙上的月亮

那墙应该是苏麻家的院墙。

苏麻是我儿时的伙伴，后来在新疆沙湾卖大盘鸡，有了发展，就将家中老人接了去。老院子原来说是要卖掉的，不知什么缘故，终于又没有卖，于是年复一年的，就那样遗弃着。站在公路边的水渠畔上，能看见院子里的一片草，夏天绿着，冬天黄着，草的茎秆一年一年地茁壮了，只是门上永远挂着一把大锁，锁和院墙一样厚重。

多年的一堵老墙，墙上现在也长着几根细草，白天看上去显得很破败。土墙的右首是一道红砖砌成的墙，砖墙和土墙夹成了一条小径，土墙到砖墙是四五步的距离，感觉上却如同相差半个世纪。

月亮却升起来了。

月亮升起来，悄无声息地站在墙头。月亮很圆很亮，土墙显得黄灿灿的。月亮将墙上的细草照得很有些意境。土墙在月亮的光辉里，显出了黄铜般的颜色。

那天，回到老家，在夜晚的村子里走动，不经意间，忽然就面对了黄土墙上的月亮。

月光洁净、慈祥，如同我的去世了的祖母、外祖母的脸，充满柔情地看着我，那些黄亮的清辉如同老人的手抚摸着我。在这样的抚摸中，江湖上的恩怨是非变成了相逢一笑，那些城市楼群下的人流滚滚，那些匆匆的脚步……有人这样说过，一个时代总是将它自己显现在它的精神信仰、制度形式里。最清晰的是，还显现在同时代人的情感里。沿着这条线索，我们很容易就看到一个在技术和物质上不断强大，在情感和心灵上却节节败退的人类。这两者的冲突日益尖锐起来，到现在，只要是一个真正卷入当代社会的人，都会发现，经过商业主义和身体哲学的改造，我们所生活的物质世界和情感世界业已发生巨大的变化，这变化在人类的内心悄悄地进行。变化显现着时代的进步，但人类心灵深处的情感，仍然闪耀在乡村古老的土墙上，还有土墙上的那个月亮。那个恬静而又深邃的月亮，将人的心灵的每个角落一一照亮，让人变得柔软起来，变得善良起来，似乎包容一切，一个笨拙的躯体里似乎跳动起了一颗充满爱的心。

我被那黄亮的月光包裹着，胸腔里面充满了对生活的赞念。

在月光里，走在老家的黄土墙下，村庄的深处传来老人的咳嗽和孩子的笑声。

# 白雪覆盖的村庄

冬天的一场雪后，我回到了老家，我们的庄子被白雪覆盖着，村庄显得很诗意，很美。我非常愿意我们的庄子是这样一种样子，具有这样一种沁人心脾的气息。

我坐在老家那盘大炕的炕拐角里，手里拿着张承志的散文集《清洁的精神》，炕烧得很热，坐炕拐角的好处是背能靠在墙上，背能吸收上土墙里的热量。炕拐角本来是父亲坐着的，我一回来，父亲就将炕拐角让给了我，他则坐在炕的另一头，戴着一副石头眼镜，将头埋在一本又大又厚的经典上。父亲说，固原这两年建设得很好了，怕都不比银川差。我的父亲没有去过银川，但固原是一年至少要来一趟的，他对我居住的这座山城常常发出由衷的赞叹。

我说，好是好了，但比银川还差一些，然后看手中的书。父亲想想，不说话，低下头去，戴着石头眼镜的眼睛关注地盯着面前的经典。

炉子上的水轻轻响着。

母亲将案板搁在炕桌上，给我们做饭。在同心阿语学校上学的妹妹给母亲摘菠菜。

我从窗子上望出去，一只鸽子伏在我们老院子的墙上，牛拴在木桩上，站在那里默默反刍。院子的周围，有大片大片的积雪。后来，老院墙上又飞来了一只鸽子，接着，又飞来了三五只鸽子，它们站成一排,咕咕咕咕地唱起来。鸽子的声音轻柔、舒缓,那是一种让人内心平静的声音,一种让人心灵纯洁起来的声音。

后来,母亲做的洋芋臊子面熟了,一张红色的小方桌放在了炕上,接着,一碟腌韭菜摆在了桌子上。这碟腌韭菜,在这个白雪的冬日显出了别样的意义,翠绿的韭菜上面撒着红如火焰的干辣椒丝,绿意盎然又热情高涨。我非常喜欢母亲腌的韭菜,这是没有浇过水的旱韭菜,虽然纤细,但带有来自山野的不可替代的泥土香气。母亲也深深记住我的这种喜好,每年秋天,总要精心将那些旱韭菜摘好,腌在我们家的一个黑瓦罐里。冬天,我一回到家,饭桌上即使有炒菜,但少不了这样的一碟腌韭菜。

情形往往就成了这样,我因为喜爱如此碧绿的腌韭菜,吃的时候,我只用筷子夹上一点点,小口地吃。在我的面前摆着一碟绿色植物,这样使我看到了冬天里的春天,体味着我的宁静内心里的一丝绿意。我是不愿意在白雪茫茫的冬天,几筷子将小小的一碟腌韭菜一下子吃光的,而是将它摆在桌子的正中,坐在桌子周围的人从不同的方向看着,吃着自己碗中的饭,让那碟腌韭菜在每个人的心中绿着。

这时候,再次从木格窗子上看出去,屋瓦上、山坡上,乃至老家后面那座黄土大山的山顶,正厚厚实实地覆盖着一层洁净的白雪。

# 河道里的雪光

那河就是葫芦河，河东就是我们的下堡子，河西是一个叫范家沟的村子。

春节放长假的时候，我回到了老家。我是独自一人回到老家的。妻子去银川看望她的父母，两个儿子不愿回到乡下，城里有电脑、电视。我说，你们好长时间没有见到爷爷奶奶了。他们说，请代我们向爷爷奶奶问好。我说，你们不会做饭。他们说，方便面凑合几天不要紧。同时对着我笑，一脸无所谓的样子。我只能只身回家了，走出楼道的那刻，我听到两个儿子在我身后每人哈哈笑了两声。

大年初三，中午吃过饭，母亲在灶房里收拾，小妹去小房子里看电视，大房偌大的一盘炕上，就剩下了我与父亲。父亲明显老了，身后摞着被子，以便他在需要的时候靠在上面，但父亲没有靠，他几乎是趴在一张红颜色的小炕桌上，看我带回来的一些报纸。炉子上铝壶里的水偶尔响一下。我对父亲说，我出去一下。父亲抬起头，看了我几秒钟，然后点了下头，也没问我要去哪里，这让我心中有了负担。我去哪里父亲已不过问了，我必须自己把握好要去的地方。

我只是要出门走走。很自然地，穿过门前的公路，走过公路下边的麦场，然后是冻硬的庄稼地。在庄稼地的尽头，就是河道了。

非常熟悉的一段路程，路上没有遇见一个人，倒有一些声音，从二里远的玉桥街道上传来，这天玉桥逢集，那是一些喧闹的市声。我站在土坡之上一眼看到河道的时候，内心里的一些地方似乎被触动了一下，这条水流渺小的河道，在冬季呈现着一种炫目的光泽，结冰的河面和偎依在冰面上的积雪，使河的轨迹如同一条白色的飘带，一条寂寞的飘带，无人欣赏，但她却与两岸的村庄一样安详，散发着独特的魅力。

走下土坡，来到河的近旁，皑皑的雪光英气逼人，让我不能久视，我抬起了头，对着天空微笑。这是怎样的一条河，地处下游，河床低，河道宽，不能灌溉两岸的庄稼，给两个村庄的人们也没有带来多少实际的好处，只是那股细小的水流，清冽地从我们的眼中流过，从我们的心中流过，滋润着四季劳作的乡亲们的梦境。从地理学的概念上说，我们是位于葫芦河川道区，从乡亲们的描述中总结，我们是住在有水的地方，在我的内心深处，这条河已上升到精神层面，具有了一种象征的意义。

宽阔，空旷的河道里，那条河的样子显得很细小，一个孩子，跑上两步都会跨过去的。

一条雪光照人的小河，水流无声，却在我的心灵深处，掀起了波澜。

四周很静，只有太阳红灿灿地照耀在葫芦河上。

河对过的村庄里，走出两个人来，其中一个推着自行车，自行车后座上夹着一张羊羔皮，两个人低头说着话，边说边走，走到河边的时候，他们停下来认真地看了看我，其中一个对另一个说，那个穿羽绒服的人在找啥呢？

我哑然失笑。真的，我也不知道我在找啥。

# 洒满阳光的山坡

## 一

那山似乎没什么名字。

一座极普通的山。

在一年的大部分时间,那里被太阳照耀着,那是一个阳光充沛的地方。

## 二

背山而居,我却长时间要面对这座养育我们的山。

一年一年,庄里人将种子驮上山,将木犁掮上山,将牛吆上山。庄里人赤脚走在犁沟里,一转眼睛,就看见了山下他们的家。一家一家的烟囱里冒出了蓝烟,孩子们背着书包走在路上,汽车鸣着喇叭从庄子中间的柏油路上驶过。这样,一种力量从土里升上来,注进了他们走在土里的脚。一年一年,庄里人将麦子驮下山,将胡麻驮下山,将洋芋驮下山。收获不多,有时更少。但在每一年的春天,庄里人不忍心将山上的那些地撂荒,总要种上一些什么,总要洒一些汗在那里,然后,他们开始了等待,等待一次降雨的过程。三月无雨,四月无雨,五月,无雨,到了七月,该开镰了,不要雨了吧,但庄里人说，要呢要呢，谁还不要雨，雨是吃的也是喝的，谁还敢多意雨呢。雨下到咱这山上，能赶上，种一茬秋菜，赶不上，秋墒饱饱的，也好。

雨罢，太阳跃出，照着那山，一山金黄。

## 三

我曾提镰在山中行走。

蝴蝶很多，白的、黄的、灰的，在熠熠的阳光里，在路边的油菜花上，或在一片青草上翩飞。无数细白的小路通向山下，我却不急于下山，就在路边的土埂上坐下来。微风吹来青草的香味，看不见的鸟儿在山间啾唱。我将从地里带来的一株麦穗举在眼前，麦芒坚挺，颜色金黄，如太阳喷薄而出的光线。慢慢揉搓，将麦衣吹去后，就有一些暗红的麦粒置于掌心。精致的麦粒在掌心显出了它的分量，我仿佛托举着一段沉重的生命。养育了我们的麦粒，在纯洁的阳光中无比沉静。有着这样的阳光，我的由骨骼和血肉组成的手，如若变作一块黄土，掌心的这几颗麦粒，会在这土中发芽吗？

如果缺水，就以血为水吧，长成一株鲜艳夺目的红麦穗。

我想重新走回麦田，让金黄的阳光，晒黑我的脸，扫射我的思索。

泥土托起的生命，最终又会被泥土接纳。

## 四

望山。望一个种植着阳光的山。

长时间仰望，觉得脑子里空虚了，眼睛闭上了，却阻隔不了照耀生命的阳光，万缕阳光向人的意识深处射去，突然感到了生命的柔韧，一段歌词涌上心头：我看到生命像雨般鲜活，我看到群山像牛骨般坚挺，还有生生不息的万条河，闪耀着灼灼的灿烂之光。

坚守着文学的高地，在精神领域苦苦跋涉的我的西海固朋友，生命中都依托着一个载体，是一座山，一条河，一处山林，或一个堡子，一条山谷，一片麦草，或者直接就是一个人，等等。这些，烙在他们的心灵深处，才使他们涌动着不熄的激情，歌唱生命，歌唱阳光，歌唱雨水。

一个洒满阳光的山坡，无论四季，无论风声凛冽或者雨雪霏霏的日子，都永远是我温暖的家园。

# 山里的花儿开

两个人背着黄挎包，行进在荞麦花盛开的山里，这是一种浪漫的事情。

挎包里有笔和纸，还有几本诗集。在 20 世纪 80 年代，这同样是一种浪漫的事情。

那时我大约十九岁。初秋，和朋友火会亮被文学的力量牵引着，竟不顾割麦后的疲劳，从西吉县城出发，沿西吉通往白崖的公路东进。刚一上路，两个人都有一种指点江山激扬文字的大无畏气概，直至在下一陡坡时，火会亮所骑自行车车闸失灵，在惊呼声中从车上跃下，一个前滚翻化险为夷后，两个人才较为稳重起来，不敢目空一切了。

在白崖乡羊圈城，我们遇上了一位放羊的老人，遂上前向老人问好，老人把鞭杆抱在怀中和我们说话。我请老人给我们说个“曲”，就是讲民间故事，随即掏出本子做记录状。老人看这架势，来了兴头，就和我们坐在了草坡上，只是仍然将鞭杆抱在怀中。他给我们说了个“曲”。现在回想起来，大意是附近山里一对青年男女历尽磨难后，终成眷属。故事虽然是个老故事，但当时置身金秋八月的山野，回味人世间最美好的情感，还是让人心情激动浮想联翩。

告别了老人，翻越了羊圈城，我们来到了火石寨的云台山。

云台山的荞麦花开得正好。

四周石山相连，中间荞麦成片，荞花绚烂。坐在高处，就面对了一个巨大的花盆。

我还没有见过这么多的荞麦，还从来没有闻过这么香的荞麦花，花香扑鼻。荞麦在山坳里起伏，成为花海，每一株荞麦都显得风姿绰约，让人心里很清爽很开朗。令人铭刻在心的一种感觉是，那一刻，头脑很清晰。仿佛有一种神性的力量，让人感受到了那一瞬间的空灵，并且有了一种模糊的激动。有一缕一缕带有荞麦花香的风从头里吹了进去，很柔和地停留在里面。借助这些芬芳纯净的风，头脑得到了一次洗涤，一些杂质随风而去，一些质朴广大的事物被记忆下来。比如这山里的花儿，比如这山野的景致。

看着那些惹人的荞麦花，粉红的荞麦花，我们互相看了一眼，又分别看看四野，然后，像英雄一样呵呵呵笑了。

如今，过去了那么多年，想起火石寨的荞麦花，我就忍不住想唱上一声：

山里的花儿开——

我唱了这么一句，嗓音嘶哑。我摇摇头笑了，我的声音实在不好听。

# 秋天的种种心情

## 一

我知道，是这个季节，让我心潮起伏，让我目光热烈地去阅读山区公路两侧的坡地。坡地上的庄稼已收割殆尽，已奉献了自己的土地显得平静而大度。温暖的山坡上，走着一对牛，一个老人扶着犁，一个头搭红纱巾的姑娘在为她的父亲牵牛。这样的情节，又一次让我怦然心动。

## 二

很久，已没有赤足踩进犁过的土地里的那种感觉。绵软温热的黄土，把一种深刻的情愫沿足踝传导而上，在心窝那里汇聚。汇聚成一种力量，让你宽容，让你懂得人世间该珍惜的是什么，让你一下子觉着有些事情，想开了就那么回事，一笑了之吧。心口热乎乎的，就那样，把苍白的脚深深埋进温暖的黄土里。

穿着皮鞋的脚，每天踏在白色的地板砖或水泥地上，小心翼翼走动着。在家中白色的地板砖上，唯恐留下一个黑的脚印，招来夫人的白眼，于是一进门先弯腰脱鞋，时间一长，不堪其苦。一次，故意踩了泥水，回家在房中乱走，纵情进行泼墨大写意。夫人进门看见的一刹那，柳眉倒竖，杏眼圆睁，却又见本人脸上杀气腾腾，一副凛然不可侵犯之威武架势，感觉来者不善，此一回非彼一回也，遂咽下一口恶气，恢复常态后，出乎我之预料，她还挤出一个笑脸："你想吃点啥？"本人心一软，下楼去提水，感觉痛快淋漓了一把。水提回时，地板已被拖布至少拖了两遍。

赤脚在钢筋水泥的建筑里行走，你体验到的是什么呢？

## 三

这样的季节，我时常想象着一个老人，坐在一把木椅里，木椅放在家里的台沿上，拐杖倚在椅子一旁，老人就在那张椅子上睡着了。老人戴着一顶洁白的圆帽，胡须皆白，慈眉善目。老人的头垂到了胸前，手搭在椅背上，在近前，能听见他轻微的鼾声。院子里铺了席子和麻袋，上面晒着玉米，玉米被秋日的阳光照耀着，发射出一种好日子的色彩。整体上，老人和他的椅子和红玉米，如一幅油画。

那位老人是谁呢？

那是我想象中的爷爷。

我没有见过我的爷爷，爷爷在我们庄子上是一个传奇式的人物。

没有爷爷的童年生活于我是一个缺憾。

但在秋天，在人们晾晒玉米的日子里，走进一个安静的农家小院，我的脑海里会浮现出那样一幅画面。在这样的画面前，我被阳光的味道和人世间慈祥的力量俘虏了。我在静默中泪涌双眼。

## 四

十月的一个日子，我走过西吉县兴隆镇的街市。街上人很多，我遇见了少年时代的一些伙伴，我向他们微笑，他们向我微笑。他们开着“手扶”或“蹦蹦车”，在卖掉洋芋或豆子之后，大捆买葱，整袋子称辣椒，挂苹果、橘子，挂炭，称棉花回去给家中老人缝棉衣棉裤，给孩子买衣服，车都装满了，他们还问坐在车上的媳妇，看忘了啥，看灶房里还买啥？他们的媳妇怀里已抱着东西，比如一瓶花，一个风景镜框，或一个八磅暖壶，想想，摇摇头，说，忘了下一集再买。

我一直有意远离喧嚣的市声，但在那块乡土上，生活的潮声却又那样地入耳入心。

## 五

我一直在等待秋季的来临，我需要在秋季蓄积一些力量，我觉得我需要的力量来自深厚的黄土，来自明净的阳光，来自塬上的牛哞，来自农夫沉稳的脚步，来自母亲翻晒红玉米时脸上漾出的笑意。我是一个内心坚强的人，但在我渴望对视的这个季节，我的内心又不堪一击。

## 六

在秋天，我会向往西藏。那个遥远、神奇的地域，搅动得我的内心起伏不静，在拉姆措、泽娜卓玛、李娜以及郑钧的歌声中，我成了一个身背行囊，满怀忧伤漫游于藏北草原的行吟诗人，在那片奔跑着大群大群牦牛的草地上，我边走边唱，以一种方式表达我对生命的认识。我愿让自己的行动感动自己，让自己的文字感动自己。

西藏是一个什么概念呢？

曾在地摊上购得一本《寻找太阳城——西藏随笔》的书，书是复旦大学七位学生同游西藏后的结晶，一位叫作张谦的在书中这样描述自己上路前的心情：

在我的猜想中，西藏是喜马拉雅的雪，是雅鲁藏布的水；是布达拉宫的红墙，是大昭寺里缭绕的香烟；是朝圣路上磕长头的信徒，是广袤荒原上翱翔的鹰。所有这些猜想就像珠穆朗玛峰上的永久积雪，任我用怎样的热情也无法将其融化成现实。它们太遥远，太遥远，甚至在我的视线之外，是一扇看都看不见的门。然而这正是一个我要去寻找的世界，一个仍然躲在门背后诱惑着我的世界。

我喜欢这段文字，这是我在秋季的又一种心情。

在秋日的一个正午，站在宁夏固原的一座山头，我遥望雪山、青草和美丽的布达拉宫。回到家中，拧大录音机的音量，郑钧《回到拉萨》那苍凉的歌声响彻了我的心际。

# 故乡树

故乡树长在一处断崖上，千里迢迢和我凝视。我穿开裆裤那会，那断崖上没有树，那断崖上只一片红干泥，布着几粒黑羊粪，我曾想通过那处断崖，看见一片云，看见一只什么怪鸟凌空而下……终而没有。

突然的一次，故乡树变作了一只手，在子夜抚摸我的心境。

我极不愿意这是一种梦境，在阳光很好的一天，我走过喧嚣的街市时，顺手买了几个酸梨，决定去寻觅风景。

许多扁平的石子铺满山区的公路，拉砂的手扶一辆辆的给浮尘排练出柔曼的舞步，而羊们，在十月的阳光里，于山腰站一种姿势，丰满且白。我走在白硬的山路上，东张西望，时而惦记起兜中那几个酸梨，而梨亦在暗处向我暗暗眨眼，一条胖乎乎的狗在不远处的被挖过的山芋地里向我张望，它肯定知道我的大名赫赫，想过来握握手，说两句亲热话，又怕我不理。我这个时间一定很清高。它回头去嗅空气时显得有点像个丑陋的问号。我把自己嘴上已经粗硬起来的那两撇胡子各抹了一下。

秋田已收拾完毕，眼前就是一种寂静的开阔，在红土梁上，放羊娃子把鞭杆扔在一边，两手抱了膝盖，望着远处波光粼粼的葫芦河。这时一对毛色光顺的陕西牛，背上驮了枷套，微眯双眼，心平气和地走过温热的土地。没有铃声。是的，没有铃声，但我分明听见了一种源远流长的音响。木桥流水，黄牛白羊，还有那静静地坐在山头的放羊娃子，阳光把这一切摄制得生动极了。在红土梁上，有许多年以前筑建的一座土堡，宽厚坚挺的堡墙还很完整，坐在堡墙上，风从河道来，脚下的地在走，远方的水在流，白晃晃的山路上，走着戴白平顶帽的轻松自如的回族女人。她将走进一个村庄，那儿肯定是她的娘家，她带给娘亲的必是问候和生活的温馨，为那些平静的蓝烟一缕的院落带出喜亮的神色。这时，黑大庄的梆声一下一下响着。

红土山，黄土地，亘古了多少年沉默了多少年，储存了一代又一代人的故事，被五指叉开的脚板踩实了，被混混沌沌的哟嗬声灌注了，似乎还该有裸露右臂的高原人，驾黑鞍马围绕篝火狂奔……

我很想燃起一堆篝火，就像放羊娃子那么静静地坐着，想象自永恒沉默的红泥崖神灵般地出现我的故乡树，想象故乡树的叶儿在夜风中悠悠飘动，生发出一种潮乎乎的情绪，濡湿每一个有月光的日子。

我就在那堡墙上咬了一口酸梨，酸酸的凉气渗透我的心扉。

我的故乡树上会长满我的眼睛，托着一个艰辛的灵魂，去跃出苍老的海面。太阳晨出时，故乡树的影子在山的那边；太阳晚归时，故乡树的影子在山的这边；太阳当顶时，故乡树没有影子。

以后的某天晚上，朋友们在我房间拉手风琴唱《一无所有》，炉火熊熊，有朋友泪光闪闪，难道真的一无所有？

我有红土梁，红土梁上摇曳着故乡树。

# 太阳沟

那时实习已结束了,离毕业也就那么个把月,我们都过了关似的,一个个轻松悠闲起来。我和朋友大可便去看老龙潭。

龙潭青山绿水,自有一番妙趣,我们在那道水从下面直飞下去的石桥上把带去的面包吃了,汽水喝了,装面包的塑料袋和汽水瓶子让水漂流后,就返回了。

我们去了大可家。

从泾源县城的那道梁过来以后,沿公路,走的不会太远,往一道土路一拐,向树多的地方走。路逐渐贴着一带高塄坎,路中间布满了牛蹄窝儿。塄坎上是一些院落。

大可父亲正在院子里,用一把小刮子给牛梳理,牛一副陶醉的样子。看见大可,老人的脸在一瞬间绽开了,连双眼也焕发了光彩。

大可说:“这是我同学。”

我给老人道了一声:“色俩目。”

老人又得到一份欢喜似的,脸上抖动着:“哎哟,快,快叫同学坐房里。把茶罐子涮一下,相架子背后有好茶叶呢。”我坐在房子里,又听见他对着一个地方喊:“赛力卖,到园子里挖葱去。”

就有一个女孩儿答应着在朗朗的阳光里跑了出去。

一种别样的亲情在我的思想里升腾开了,我有了一种置身西吉老家的感觉。

下午，大可和我走出庄子，从一面斜坡走上去，山顶数个山包，皆被绿草覆裹，山坡上是大片苜蓿，蓝色的苜蓿花点缀出山地的一种景致。我们从苜蓿地边过去，又从豌豆地边过去。大可这人，不多说话，他一路浅浅笑着，偶尔俯身拾起土块，向一个地方远远地扔过去。

后来，我们站在了一个地方。

家家的炊烟，这时正顺了沟的两侧升起，夕阳布满沟中，蓄满了金色的光亮，一座一座院落，一扇一扇木门，生活的足音分外清晰。沟底溪边牛的铃铛轻轻地响上来，叮——当，叮——当……

西山上的太阳正照在这个地方。

我被一种生活图景实实在在地打动了。

我问大可："这沟叫啥名？"

"太阳沟。"大可说。

毕业前夕，我曾打算报名去泾源，后因种种原因未能成行，分别那天，大可搂着我的肩膀，大可哭了。他说："兄弟，来信啊……"

那是一九八八年夏天，到现在已许多年了。这许多年来，我不知道为什么没有给大可去信，我给一些心底里把我当兄弟一样看待的人没有去信。

冬季的一个晚上，突然停电，窗外的天空正瑞雪飘飘，我围了火炉坐着，在寂静的黑暗中，太阳沟浮雕一样从远方向我横亘过来。

我知道，太阳仍然从那道沟口所对的地方升起来，也仍然从沟的背后落下去。

# 山城雪

雪来了。

西部上空那明净高远的天空现在充满了另一种浓浓的诗意，这绝对是一组意境深邃、浑然天成的自然杰作。冬季的深沉面对一片成熟的土地倾吐思绪，她表述时语调沉缓，她习惯这样。她的高尚坦荡的情怀呈现在她的美妙的轻音中，这个，土地在和她的无限的遥望中已深深意会。那些轻音在广袤的山地上流动起来，汇成五线谱，记载着的是一首沉伟雄奇的交响曲。

雪落在山地上，山地的怀抱里是一座山城。

多年以前的那场雪是从早上开始下的。当时，我们正在教室里听袁伯诚先生讲古代文学，我们的教室在三楼，我只看见密集的雪片在窗外不断落下去，窗户上的景观就如一个图像消失后的荧屏，很多的雪花跳跃着闪烁着，这是我看了一眼后的印象。我不想在先生正讲得起劲的时候去注意窗外，但是，我能感到那不断飘舞而下的雪花已在校园的石板路上，在山城的大街小巷渐渐厚积起来，我心里一下高兴了，一种清爽的甜丝丝的气息，经过手臂的传导，飘弥到我心田，然后又攀缘上升，我觉着自己的头发上竖了一下，我被感动。

我很愿意在这种白色的氛围中走在山城的街道，这种情况下我的脸面不再皱巴，脚步从容，目光平静，清新的雪气驱走了身心中的疲惫和沉重。街上不再那么拥挤喧哗，转而成为一幅情趣横生灵气飘动的风情画，就连街上一溜摊子的饺子锅里和小笼包上冒出的热气，也幻化为我所偏爱的炊烟。

雪已停，没有一丝儿的风，厚厚的积雪给我的是内心的激荡，这北国的雪在某种境界中也能给人绵绵不尽的暖意。

傍晚返回时，那首让人想家的《北国之春》在街道的上空深情地飘散，走在那条有点僻静的小巷中，一个老人骑着自行车从我身边缓缓驶过时，我看见这个慈祥的老人对着雪浅浅笑。

今年的雪还没有来。

现在是十月中旬。一个星期日，在一个小镇的一扇蓝色木门里，我坐在书桌前，遥望远山。秋天的阳光穿窗而入，我感到温暖，这个时候，那场纷纷扬扬的雪花在我视线所及的空间漫天飞舞。那也是一种温暖。

我想雪会来的，在雪花儿来依偎山地，在她们接触厚土时的轻微的低语声中，我定会走在山城亮晶晶的雪街上。

# 耶其目

他是有名字的，但在很长一段时间里，我们只叫他耶其目。

我们最初是随他的母亲而叫他耶其目的。

暑假了，我们一帮十岁左右的孩子总要集中在一块，搞些活动。农村的孩子，不外乎打土仗，掏鸟窝，下河耍水之类游戏，有些游戏有一定的危险性，大人们不允许，经常告诫若去了怎么样怎么样，孩子们却总是愿意冒一定的风险，避开大人的目光，去寻找自己的天地。那次，我们在庄外会合时，耶其目的母亲突然从树后走出来，那个神色凄婉的女人用一种衰弱的语气对我们说，你们把我的娃领上，我的娃可怜得很，我的娃是个耶其目（回族称从小失去父亲或母亲的孩子），短精神的个娃嘛，叫跟上你们学些本事。她说得郑重其事。按我们现在的理解，所谓“本事”就是锻炼得胆子大一些，摔打得皮实一些，以免成人后肩不能挑，手不能提，如何扛起生活的大梁。但那时，我们真觉着自己是有些“本事”的，我和舍巴、尔不都搭人梯在半崖上掏小红虫（麻雀儿子），你的耶其目见过吗？我和烂眼睛、六四在红土沟口过招，“双风灌耳”“鸡毛扫地”“瞎蛇缠腿”……你的耶其目听过吗？

她那样一说，我们看见了她的耶其目，站在她的身后。有些泛黄的头发，一对黄眼仁，嘴的上方是两溜干黄的鼻痂子。一个没有父亲的孩子，真像一个需要严格训练的列兵，但队伍扩张总是好事，没有怎么犹豫，我们就让耶其目加入到了我们的队伍中。只是舍巴强调了一句，去了要听话。

我们这天活动的内容是练拳。在距离村庄二里远的红土沟口的那块草地上，我们呀呀嗨嗨地“打”成一团，这样的节目是那个年代孩子们最快乐的事情。耶其目很快参与了进来，他很乖顺，我们的手如枪般一抬，他便主动倒了下去，嘴里还痛苦地啊一声，脸上的汗漫下来，一张张小脸红扑扑的，孩子们尖锐的笑声回荡在红土沟口。我猛然想到了训练耶其目。我让他立正，他便立正。我突地蹲下身去，左腿弯曲，右腿绷直，一个“鸡毛扫地”过去，耶其目便仰面倒了下去。但他嘿嘿笑着，很快活的样子，又站起来，我抓住他的双手，往后退着，于漫不经心中突然倒地，用脚顶在耶其目的肚子上，双手和双脚同时用力，耶其目便从我的头上“飞”了过去。看耶其目龇牙咧嘴的样子，我说，这是“兔子蹬鹰”，学着点。耶其目趴在地上喘气，一边使劲对着我笑。红红的鼻血突然一滴一滴从耶其目的鼻子里淌出来，因为是学本事时烂的鼻子，耶其目没有哭，他用沟里的水叭叭地拍打着额头，又用水洗了鼻孔，用纸塞住，一会儿便止住了血。我想，这样摔打起来进步会很快的。

第二天下了一场暴雨，庄子不远处河道里的水在吼，涨河了，一些大人提了长把笊篱，去捞浪渣，我们的心被那黄稠的河水诱惑着，几乎同时向河边跑去。因为河岸陡峭，我和六四几个便趴在岸上看涨河，当然，也有耶其目。河中飘浮着一棵一棵的树，还有麦捆子、草帽什么的。有时，一些什么东西颇似人的身体，在河中心浮上来沉下去。我们屏住了呼吸，水的响声真大，如同从天上下来一般。我探出身子，想看看岸下的大人用笊篱捞到了什么。六四抓着我的胳膊，说小心跌下去。我看见那些汹涌的黄水哗哗地冲击着岸跟底，如果一个人此刻从岸上掉下去，一定会落在水里。我回过头，看见耶其目张大了嘴，双眼直直地注视着河水，我说，咱们把耶其目扔下去，他就知道怎么游泳了。耶其目不懂幽默，他的脸一下子变得蜡黄蜡黄，眼睛很是惊恐地看着我，他快哭了。我和六四他们同时哈哈大笑起来。

我没料到，因为那句话，几乎使耶其目的母亲悲痛欲绝。

在我回到家以后，我看见，在我家的灶房里，坐着耶其目的母亲，她的对面坐着我的母亲。我听见耶其目的母亲说，我就这么一个独苗，你看你们的耶尔古拜还要把他撇到河里淹死，一个耶其目娃，还要你们照看呢，狠心着咋能撇下去呢。

母亲一边劝着她，一边说等我回来如何如何收拾。我偷偷地溜了出去，但最终没躲过父亲的一顿板子。父亲做过木活，手边有顺手的板子，晚上临睡前，他将我按在炕边上，叭叭叭几板子后，他说，你要是再欺负那个耶其目娃，我就把你撇到河里去。

屁股很疼，我强忍着泪水，我奶奶说过，好汉子，眼中火星子，鳖蛋子，眼中尿水子。我在心中高喊，你打吧，父亲，耶其目想让他的父亲打一顿板子，还没这个可能呢，他哪里有福气让父亲打屁股呢。

这以后，我们活动的时候，一边避着大人们的眼睛，一边有意躲闪着耶其目和他的母亲。耶其目被隔在了我们的队伍外面。

开学了，耶其目没有来上学。后来，听说和母亲一块投奔远在新疆乌苏的舅舅了。我的心中，那一刻很不是滋味。

直到现在，我再也没有见到那个长着黄头发的耶其目。

在现在这些个一天天似乎相同的日子里，我有时会想起他。想起了，心中就有一种别样的疼痛，有时会红了眼圈，我在心里说，我亲爱的兄弟，你在他乡还好吗？

# 高窑寺

我的高中是在离我们村子十五里的镇中学上的。那地方叫高窑寺。

初中是在乡中学,三年。三年结束了就参加一次非常重要的考试,初中中专暨高中升学考试。初中中专如果考上了,就去固原读师范、卫校、农校这些学校,一毕业就分配工作。那时候,大家对能考上初中中专很渴望。上高中则是另一回事了,高考的录取率本就十分低,镇上高中毕业的学生,一年也就五六个能考出去,这还包括高中中专录取的人数。上高中花费更多一些,很多家长就不想掏这个钱了。初中一毕业,没考上中专,大部分学生又回到了土地里,或者上石炭井去挖煤,或者上新疆去挖药。所以,在家长看来,高中可上可不上的。

那是 1982 年,我们刚刚吃饱肚子。

父亲让我去上高中。

班里 4 个同学考上了中专,没有我。我的名字在镇中学的录取名单中。父亲嘻嘻笑着,好像也很高兴。这让我心里不是很难过。去上高中,先上着吧,谁知道将来呢。父亲是个经常看书的人,曾将《林海雪原》的一章抄在了一个白纸本子上。他这样说,让我对未来的生活又有了一些指望。

父亲说,去了好好念,没事别到街上瞎逛,别逛成街溜子了。

我点头。父亲说，记住了没？我仍然点头。父亲生气了，声音高了一些，说话呀！我大声说，记住了，大！

那就要先给学校割麦子。

录取通知书上除有我被录取为高一新生，几月几日到校报到的内容，还明确要求几月几日自带镰刀到学校东侧麦田参加集体劳动。

虽然家里的麦子也黄了，我还是很向往参加学校的劳动。父亲和我都认为这种劳动，是对新生的一种锻炼，一定要充分重视，好好表现。学生，首先劳动要踏实。父亲郑重地说。

庄里的马苏、黑尔布也考上了高中，我们三人一起去给学校割麦子。三人中马苏年龄最大，我次之，黑尔布最小。我们都骑了自行车，车后座斜挎着的挎包里有镰刀、干粮、水壶。那个时候，我们庄里每个有学生的家庭投入最大的就是买辆自行车。我的干粮是母亲烙的白面饼子，两个。初中的时候，每到秋天，学校组织学生给生产队掰玉米，场面很宏大的。学生们排着队唱着歌，打着红旗走向田野，扑进那玉米林中，只听得一片咔嚓咔嚓的响声，如同一群小牛犊子钻进了玉米地。下午自然有煮玉米和洋芋送到地头来。去十五里外的高窑寺割麦子，学校不知安排了伙食没有？

上午十点我们就来到了学校的麦地里。来割麦的只有高一新生，一个班只来了三十多人，约占一半。开学后，老师点名，我们那个班的人数为 68 人。麦地只有三亩，麦子看上去没有经过精心务弄，显得草盛麦秆稀。很快就听说学校的这几亩地是承包给镇上一户人家的，那家主人在新疆倒腾皮子去了，倒腾得很好，全家都走了，地撂给了学校，学校就临时征召学生来割麦。

组织割麦的是学校后勤上的一个老师，五十多岁，脸黑黑的，看上去却没有初中老师凶。他点了名，说没来的同学开学时要批评教育，来了的同学很好，大家使劲割，割完了早早回家。他一说完，我们噢了一声，欢呼着向麦子扑去。农村的孩子，除了在学校里，回家还是干活，不在乎这些。我更是不惜气力，埋下身子，用父亲磨得锃亮的镰刀割着草很多的麦子，一会就一大抱子。会捆麦子的跟在后面，将麦子捆好码起来。

阳光强烈起来，老师不知在哪里，大家散漫起来，抓住草就是一通乱割。干活的仍然干着，不干的抽空就打闹起来。

听得那边“轰——轰”地笑。我过去，看见大家围着黑尔布和镇上的一个学生，笑得脸都歪了。黑尔布举着自己的右手，手上有些黑糊糊的东西。原来，黑尔布和几个同学打闹，拾土块时误将一泡狗屎抓了一手，那东西沾在手上，一时无法擦掉，就只好那样将手举着，惹得大家大笑。这让我想起了《地雷战》中，那个偷地雷的鬼子，在假地雷下那样抓了一把，在鼻子前闻了一下后，一边甩着手，一边龇牙咧嘴的样子。

我开心地笑了，笑过之后我领黑尔布去洗手，这个时候，我的鼻血出来了。我那时候割麦时常淌鼻血。这样，黑尔布举着手，我捏着鼻子，我们一起到学校的水龙头上去清洗。

我接一把水洗鼻子，水是红的，黑尔布接一把水洗手，水是黑的。我们哧哧笑着，又洗了脸，感觉肚子饿了。学校里空荡荡的，是不是他们去馆子里吃饭了？老师也没说劳动完了吃饭的话。我们的干粮在自行车上，自行车在麦地边。我俩旋风一样往麦地里跑。

麦子早割完了，只见一地的麦茬高高低低，像赶场的麦客子割的。也就那样了。割麦的同学都不见了，只有马苏在自行车旁等我们。

没有管饭吗？我问。碎联手，义务劳动，你倒想得美。马苏说。我沉吟了一下，说，咱们下馆子，咱们去吃烩面。

来的时候，父亲给了我一元钱，没说让我下馆子，但给我就是让我花的，我决定用这钱去馆子里吃烩面。那个时候，高窑寺饭馆的大碗烩面是两毛钱。我在高窑寺赶集的时候，从饭馆门口经过，羊肉小炒的味儿直往我的鼻子里钻，可羊肉小炒一碗就要八毛钱。烩面也很香，白的面片，绿的菠菜，倒上一股用葱花炝过的醋，那种酸香的气味，在半条街上飘散。

高窑寺开饭馆的都是本地的回族妇女，高窑寺一带回族妇女的“茶饭”都很好。高窑寺这里的人将做饭的手艺称作“茶饭”。

听到去馆子里吃烩面，他们两个都咧开嘴笑了，掩饰不住地笑了。

我手在暗处摸了摸父亲给的那一元钱，还在，心里就很踏实。我们推着自行车顺街道慢慢走，在一家一家馆子的门外向里看。坐在馆子里的大部分是生意人，他们吃的是炒面。这种面吃上结实，干活走路都得劲。炒面五毛钱。我们最终选定了一家馆子，每人吃了一大碗烩面，香喷喷的烩面。

回去的路上，我们一个个端正着身子骑在自行车上，嘴角油油的，感觉很好，仿佛中了举人回来，引得路两边的人，停下脚步歪着头看。

# 文化巷

居住在一座小城里，周末，我会去文化巷走走。

巷子深深的，两边是高楼，高楼下面是两排柳树。春天的时候，柳枝绽绿，微风轻拂，树梢一荡一荡的，时不时挨着了人的肩膀，似乎要挠你的痒痒，不由得人要咧开嘴笑笑了。

早些年，这条巷子的尽头有一所大学。一些下午，学生们胸戴校徽，穿着西装，有些戴着眼镜，三三两两文质彬彬地从巷子里走出去，到电影院去看电影，到小西湖里去划船，或者去登城东的东岳山，在山上开诗歌朗诵会，都是富有诗意的周末生活。也有大学教授穿着布鞋买菜回来，提着菜篮子，在巷子里安静地慢慢地走。那时的巷子里在春天有丁香花的香味，香味淡淡的，却似乎四处飘散着，你嗅一下，花香直往你的心里去。爱好诗歌的学生们心里触动了一下，觉得有了灵感，觉得应该写首诗，表达这种情愫。真的有一种蠢蠢欲动的东西在心中升腾，心里感觉甜蜜美好，有些憧憬，有些期待，又有些迷茫。是的，有一位叫戴望舒的，曾作了一首《雨巷》：

撑着油纸伞，独自
彷徨在悠长，悠长
又寂寥的雨巷，
我希望逢着

一个丁香一样地

结着幽愁的姑娘。

就是这种感觉。学生们无数次朗诵过的诗句。

走过有淡淡丁香花的巷子时，没有雨丝飘下来，自然也无法撑起油纸伞，但心中的萌动，却似青草一样地发芽了。

我也曾在这巷子里孤独地走来走去，终究没有逢着一个丁香一样地结着幽愁的姑娘，但我在这条巷子的一个书店里，买到了自己最早的一批书籍，《魏晋南北朝文学作品选》《两汉文学作品选》《唐代文学作品选》《宋代文学作品选》等，价格平均下来每本不足一元人民币。还有三五家书店，可以一家一家踱进去，站在书架前，抽出喜欢的一本，读上十几分钟，再抽出一本。常常，周末的一个上午或者一个下午就这样过去了。我从这所学校毕业后，从这条巷子走出去，在乡下中学教书五年后，又回到了这个小城工作，居住了下来。仿佛一眨眼的时间，二十年过去了。

我对文化巷怀有深深的情感。

后来，我就读过的学校搬到了城市的新区，这个巷子里从此不见了那些青葱的学子，老师们也是深居简出，轻易不能照面。可是，我居住的地方却与巷子只隔了一条街道，一有空闲，我总想去那里走走。

现在的巷子，已与我印象中的全然不同。巷子的两侧，各自排开两长溜摊子，有卖油圈锅盔的，卖水果蔬菜的，卖糖炒栗子的，卖花生葵花籽的，卖古董玉器的（不知真的假的），一个接一个的。除此以外，就是各类面馆和包子铺，蒸汽从窗口扑面而来。我在起初的不适应之后逐渐习惯了，这没有什么不好，摊贩们热情洋溢，高声叫卖，顾客们各取所需，每个摊点都在进行着交易。附近的居民们吃的喝的，有时一天的生活所需就由这些摊点供应了。一条喧闹的生意繁忙的巷子，没有什么不好，大家都为着各自的生活。但是，我的心里实在有一点遗憾，一点惆怅，仿佛遇见了一个结着幽愁的姑娘，自己也是眉宇紧锁，神情不悦。说的意思是，这个叫文化巷的巷子里，那些摆放着各类书籍，可以让人消磨许多时光的书店没有了，一个个消失得无影无踪了。且慢，也不是一个都没有了，还有一家开着的，全部是考试用书，一本文学书籍都没有。那些散发着墨香的书店，连同那巷子里淡淡的花香，一同从我的生活中消失了。

哦，我曾经那么迷恋的老巷子。

回到家里，坐在沙发上，我又想开了似的不再愁闷，嘴角浮起了一丝对自己的嘲笑。有了书店又能怎么样呢？我现在常常也去书店，但我已经和许多逛书店的城里人一样了，往往是急匆匆地走进去，在开放的书架前，拿起这本翻一翻，拿起那本翻一翻，看看简介，看看价格，然后，放下书，推开门，又匆匆走进大街上的人流里了。

# 那缕蓝烟

现在回想起来，我小时候真是太热衷于拾牛粪驴粪了。放学了，排着队从校门口走出来，一支歌没唱完，“噢”一下四散开去，奔回家，甩掉书包，不问吃喝，背起背篼，操起粪叉，看队里的牛群驴群在哪个山头，就跟踪而至——表现出了在拾粪上少有的精明。一坨坨牛粪，一蛋蛋驴粪，充实了那个年龄的我，也宽慰了为家里烧煨操劳的母亲的心。母亲曾为家里南墙根底粪堆的日渐缩小而流露过焦虑，也为新粪遮住了表皮被风化的旧粪而露出了笑容，我也毫不羞惭我外祖父给我的那件绿帆布褂褂上的点点绿汁，那是六月里，有大量苜蓿水分的驴粪沾上的。之后，欢欣鼓舞的母亲，一灰耙一灰耙把那些我一叉子一叉子拾回来的粪砸扁晒干，放在灶门里燃着，坐在门口的我，感到暖暖和和。那不断的蓝烟从树梢上轻漫上去，在暮色中让人感到接近了某种梦境。我那时常常双手抱了膝盖，坐在灶屋的门槛上，让灶里的火光在我身后一闪一闪。母亲的白纱布搭头以及那双不断走动着的小脚不断劳作着的手让我的后脑勺看得真真切切。可惜我那时没有现在如此地多情善感。

这中间我是没有出过远门的。

我没想到在我出了远门以后那股轻细的蓝烟从此抓住了我的心。

十七岁那年，我穿着一件不很合身的黄的确良上衣到外地上学了。在外面的世界，孤独的心境给我一种极其忧郁的思想，我常坐在校园的石台阶上看夕阳，看夕阳下那些沉厚的大山。

日子却也过得快，雪花又开始一片一片地落下了，片片密集在街市，街市上又是一种流行色，车站喇叭里一遍一遍轻柔地呼唤旅客检票进站，提大包小包的人都脚步匆匆，这是个周末。在这个时候，家里灶火门口的火光和那缕缕蓝烟把我的心拽得一酸一酸的。我非常渴望在片片雪花飘落的过程中让那蓝烟深深地渗入我的心扉。

午后四点——我曾在教学楼的玻璃窗里多次念叨着这个时刻，这个时刻，有一趟班车就要开向故乡，在这个周末的午后四点我按捺不住了，我在喇叭声中踏上了开往故乡的客车。坐于一角落，听乡音心肠柔柔。车过西吉偏城梁，右边山脚下村落里鸡啼声声，白雪皑皑，阳光突然灿烂了，一种热感从眼窝扑进，在胸腔里咕咕嘟嘟。

车轮坚实地碾过山区的公路，贴近故乡的视线。

雪落小庄静无声，整个的一种厚实和恬静。

母亲是不是坐在用牛粪渣子煨热的土炕上，贴近窗根，听这静静的气息？

傍晚的时候，我走在村里的小路上，雪不停地落下来，暮色白得耀眼，于寂静四合中，远远望见一座农家小院上空，一缕蓝烟诗意般袅袅上升——我又看见了母亲用牛粪烧起的那缕蓝烟和那蓝烟下闪闪的火光。

# 金色谷地

炊烟和磨面机房的响声把这个小镇构思出一种立体感的诗意，诗意让我出神，让我在黄昏里想象出一处金色谷地，那金色谷地里有夕辉柔柔蔓布，有溪水涓涓静流，牛儿恬恬觅草，铃铛间或轻响，幽泉水滴一样美妙动人，就有牛郎的干花儿曲曲直直，被浑莽的沟壁惬意回应。我呢，不怕脏了西装，就仰躺在有喇叭花和野苜蓿花黄黄蓝蓝的坡地上，全身心地渗入自然。

院中土墙在金色谷地曝光之后还原为黑色，阴影有规则地扩散，抬头看了看天是什么颜色，我想对别人诉说些什么，我期待有朋友自远方来我的小屋坐坐，把心境安置在木椅上，吱吱嘎嘎得开心透了。

往昔节日里的拍手舞，朋友过生日时有朋友唱走了调的《难忘今宵》，毕业前夕的泗泪唏嘘，以及许多的喟叹许多的忧郁，许多的情愫许多的浪漫，都汇入记忆之河，附于我的血管，环绕周身而流，而此时，朋友们在远方定然观赏着改造着他们的风景线，在被慢慢移动的牛蹄踩实的土地上，注入他们的另一种劳作，日子一往无前，待实现了他们铁骨铮铮的充满责任和抱负的诺言，待五谷垛在了麦场，我们会相会在暖融融的冬阳里。那时，我们平静地对对方微笑，翻看毕业留言时，捋捋胡须。

当情绪把那处谷地染成蓝色之后，升起的是月亮，我对远方的朋友们打了个手势，他们会在月夜看见我，明白我的意思。

小镇已开始夜市。灯光温暖。

小镇纯情地唱着一首歌。

穿行在夜市中，穿行在架有小火炉煮水饺烤土豆烙柿糕的热烘烘的气息中，我这个曾自称西部秃鹫的突然发现了自己的柔情，萦萦绕绕溢满感管，合了那首我不知道名字的歌一句：

讷呀耶讷呀耶，讷呀依耶讷呀耶。

# 看看庄稼

走近田园，看一看庄稼。

很长时间了，我走不出砖墙围着的校园，走不出我那用砖砌成的房子，在狭小的房子里，面对了教本教案，面对了学生的作业本，我非常认真地投入着自己，在台灯下的一片小小的光里，我对自己的工作坚守着心底的一份责任。暑假了，以往的日子暂时用红笔圈定。傍晚，风越过砖墙，使劲地挤进我的窗缝，凉爽了我，仿佛在我耳边轻轻地说，去看一看庄稼吧，去看一看。

我是第二天中午去看的。

庄稼其实离校园不远，走过一些院落的土墙夹成的小巷，就有了。

大片大片的青麦，在 7 月绚烂的阳光里轻轻摇曳。风从遥远的河道起身，一路轻轻柔柔地吹来，从麦的青穗子间飘过，风就有了淡淡的香味儿、甜味儿。

我面对着这片绿色的波浪，双臂张扬了一下，这些味儿悠悠进了我脑子里去，把一些淤积在脑子里的沉重的疙瘩化开，又一丝一缕地抽出去，我贪婪地呼吸着这种清香，飘飘想飞。远处，是蓝茵茵的胡麻花，是玉米叶子的碧绿在阳光下闪烁。

顺田埂走进去，青麦淹没我的小腿，风是不断地吹拂着它们，它们也就缓缓起伏。还有点嫩的麦颗一个一个排列着，它们像……

像什么呢？像绿蚂蚱的眼睛，多情地看着青草，像蜜蜂的眼睛，明亮地对着花粉，像我的那些正在考试的学生们的眼睛，见你看他，就羞涩地看你一眼，又专注地看着试卷。那些细挺的麦芒摆动着，我仿佛看见了一群小小的飞虫，抖动它们可爱的翅膀儿，在绿色的田野上翩翩飞翔。

我把手放在麦穗上，让它们触及我的手背，一种清澈的流水一样的感觉漫过我的心头，像面对了爱人温柔的注视，赞美生活的念头在我的胸扉汩汩涌动。

在庄稼和我的头上，是离得很近的太阳，是照耀青麦成为金黄颜色的太阳。

# 风中疾走

春天的一个下午，我在城市宽阔的大街上行走。

城市的街道宽阔平展，却没有留下多少人的脚印，从这个角度看，城市要比乡村打扫得干净一些，但走不了几步，泔水的气味就不断地从一个一个下水道口冒上来，有些道口边沿可见食物残渣，旁边是一些使用过的卫生筷子，那些一次性筷子看上去黄乎乎的，显然沾了不少油腻，让人感到恶心。可是，四面八方的人们仍然不断地向城市涌来。市声如潮啊，满街的车，满街的人，一间连着一间的店铺。

风从城市的上空掠过，风在城市高楼的拐角发出一些尖锐的呼哨。

我在这个有风的下午，从城市的街道上穿过。我作为一个乡下人，吸引了其他一些人的目光。出租车一辆又一辆在我身边慢下来，司机向我的脸上看。走过理发店，理发店里那些黄头发红头发的姑娘，眨动着安着假睫毛的眼睛，向我的头上看。街边修鞋的师傅们，一边忙着手中的活，一边使劲向我的脚上看。我浑身不自在起来，我只有加快速度在风中疾走，一些水一样的东西在身体里哗哗作响。我想尽快走到街道的尽头。

我突然产生了一个奇怪的念头——走出这条街道后，迎面便是一望无际的草色青青的原野，泥土的气息顺风飘过来，草间开着一些蓝色的花朵，一条银色的河流带子一样甩向大地的腹部，马群的蹄声在草原的地平线上如大河一样轰鸣。

这样的场景和词语在我的脑海里闪现了一瞬间，这一瞬间，我的胸口那里热乎乎地一动，那种想象中的场面消失之后，我的胸口那儿又猛地一疼。

事实上，街道的尽头只是一个公交车站点。公交车带我穿越远郊，驶上另外一条街道，最终进入另外一座钢筋水泥的建筑。

# 山中飞翔

农历六月初一。

我也是为了一个心愿，在雨中出发了。我相信，这是我生命中一个美丽的日子，一个亲近自然、亲近泥土芳香的日子，一个抚慰心灵的日子。

路太短了。站在山门下面时，我嗅到了来自草地的清香。山门古色古香，在雨中透着庄重气派。麦田就在脚旁，多好的麦子啊，快要成熟了，但过了今天，雨别下了吧，麦子现在不要雨水，雨，你往大西洋那一带去吧。可这个日子，我需要雨水，山雾轻笼，田野朦胧，雨落在青草间，雨落在山腰，淅淅沥沥濡湿了心情与眼睛。

一处屋檐下，一处自由的空间，风铃在雨中轻响，一山的寂静，心随愿动，清水洗尘，我得以自由呼吸。山下，村庄在雨中静默着，一种叫做感情的植物在这样的环境里接纳着雨水的滋润，山、雨、人如此和谐地统一在一起，心诚则灵了吗？

雨声中再次传来风铃的轻音。

清静之地放大着至真至美的情感空间。

青砖铺就的山路太短，水泥台阶砌成的山路太短，但这是一段风雨路，疲惫的心灵需要守护。我想轻轻地哼一支歌，唱给山林，唱给雨丝，唱给一座未完工的亭子。

那首歌是《懂你》，第一句是这样：多想告诉你……

感谢一座山，感谢生活。

我将我的右手庄重地贴在胸前，拨响心中的弦音：你的笑容是我一生的珍藏。

深夜来临，我感觉仍在一个山头，望着山下的景物，风响树摇，在两旁长满青翠草木的山道中，雨水在心中哗哗作响。我在我自己的世界里张开双臂，飞向天际，那一瞬间，风雨中的那座山便是豪华而悲壮的泰坦尼克号，载我在浩渺的大海上远航。所不同的是，这座充满灵性的青山，是我心中永不沉没的泰坦尼克。

那首题为《永恒的爱》的主题歌在六月的这个雨夜深沉回响，绵绵不绝……

# 放牧心灵

我是一个牧人，赶着心灵从城市的栅栏里出发，走过了柏油路，走过了砂砾坡，走过了想象中的蒙古包，在凉殿峡的腹地，让心灵自由自在地呼吸。

面包车把一群人从城市装运到了这个叫凉殿峡的山谷，山是绿的，水是绿的，却不见割草的少年。小时候，为家里的牛割满一背篼青草，是我每天的任务，为了那一背篼青草，我在家乡苍黄的山头爬上爬下，苦苦寻找一根根冰草、谷莠之类的绿色植物，太阳的光芒强烈地照射在我的背子上，脑海里一片混乱，汗珠顺着脸颊淌下来。在这种情况下，我极力放大着我的想象，有那么一面长满青草的山坡，让我躺下去睡一觉，草淹没了我，草间隐约可见我的黄色的竹篾背篼。风从草间轻轻掠过。有时候，我还会这样想，有一个什么形状的牛槽，牛槽里长着青草，牛吃光一茬，草旺旺地长上来，吃光一茬，又旺旺地长上来，这样的话，我宁肯放一辈子牛。少年时代的这些想法曾长久地占据着我的心灵，形成了我的一些个人爱好，比如喜欢安静，喜欢有草的山，喜欢树，喜欢躺在有草有树的山上。后来从学校毕业时，曾一度强烈渴望去泾源，后因种种原因未能如愿。不过在这个 7 月，我来了，穿越泾源县城后，来到了凉殿峡。

一切与少年时代的想象吻合。

四角斜拉着彩带的蒙古包在平坦的草地上安营扎寨，身着裕固族服装的姑娘唱着来自草原上的歌，咿咿呀呀的音调让我想到了草原上高高的蓝天和朵朵白云，想到了黑骏马，想到了草原上的爱情。在此张望了片刻，我向凉殿峡的腹地深入。

小径被绿树掩映着，走进去，虽弯弯曲曲却一路引你前行，那么清亮的一股溪水，在你眼前忽儿如一道白练，忽儿隐身于青草之间。流水无声，却很快地让我的心灵潮湿起来，不敢说话，一说话，唯恐心中的潮汐打湿声音。没有鸟啼，心灵变做了一只鸟，在绿树枝头跳跃啼唱。水从山中来，向山外去，水漂洗着心灵的灰尘。红艳艳的野草莓，在草间如一个个小巧玲珑的红灯笼，闪闪烁烁，摘几颗放在手心，放置成一张笑脸。

道路忽上忽下，曲径通幽，静静地走过去，心灵如羊咩叫了一声。眼前豁然开朗，我看见了那种叫做洋麦的高秆植物在风中轻轻摇曳，我看见了一片又一片金黄的油菜花，在四周绿色山峦的映衬下放射着奇异的光彩，让人心情那么温暖。

蓝天、白云、青山、绿水、黄花。心灵化做了一匹黑马，以慢镜头的方式在青青的草里奔跑。

我在山坡上躺下来，峡谷里的风掠过我的额头，轻抚着我的头发，心灵是那只装草的背篼，很是平静地伏于草间。

在凉殿峡的腹地，放牧心灵。

我突然想，在皓月当空的夏夜，凉殿峡会是怎样一种景致呢？心灵静卧于油菜花盛开的地头，谁能听见她静静反刍的声音呢？

# 仰望天空

## 一

生活在这片土地上，我们注定要仰望天空吗？

高高的天上，是那样永远的淡蓝。仰起头望上去，望上去，我便觉着天空如同一张很大的有点褪色的蓝布帘子，罩在我们的头顶。那样持久地罩着，那样固执地罩着，微风吹不动它，它平静地显示着自己的高远与寂辽。向更远一些的地方望过去，天空又仿佛是平静的海面，波涛在我们听力不及的空间喧响。

你不能不看太阳，那样的热烈辉煌，耀人眼目。我看了一眼，它的红彤彤的光线立即逼迫着我的眼睛，让人不敢久视。有时，如果眯着眼睛，把鼻孔对准太阳，就会一个喷嚏，又一个喷嚏，倒很惬意。

阳光晒得我们四周的山坡很温暖，如果躺在山坡上很快会睡着。

为什么要睡过去呢？我在仰望天空。

望得久了，感觉一片空洞。空洞无物。

## 二

患流感的人正在增多，不时有人抬起手，让亲戚朋友看他手上的针眼。医院的大夫、护士中也有人在为病人诊断或护理时，无可奈何地吸溜着鼻子说："我也感冒了"，说着就看一眼窗外，那潜台词是：你看又是个干冬。

无雪的冬季，让医生们都感冒了，以至感冒患者和患感冒的医生告别，感冒患者之间告别时都要说上一句，快让下一场雪，让我们都好受一些。

渴望皑皑白雪来滋润土地滋润天空下多病的躯体。

我在乡下的时候，只以为厚厚地落一场雪，是对来年的庄稼大有好处的，现在看来，城里人同样在想雪盼雪。

雪，不仅仅和粮食有关。

那么，谁能让一场雪快下下来呢？

仰望天空，渴望落雪。

## 三

从春天到冬天，我一直在仰望天空。

在这片土地上，仰望天空的人一定很多。我想。

仰望天空，已成为我们生存和生命的一部分。

春天，仰望天空，盼春雨使禾苗出土。

夏天，仰望天空，盼甘霖让麦子抽穗、胡麻开花。

秋天，仰望天空，盼秋雨把将要播种冬麦的土地浸透。

到了冬季，我没有低下我沉重的头颅，我睁着疲惫的眼睛，无限向往地注视着遥远的天穹。

雪花，你这个白色的精灵，是不是藏匿于蓝色的布幔之外，和我们的家园捉着迷藏？你这朵潇洒的云，我们已分别得很久很久，你出来让我们看看你，让你飘洒到我们的脸颊，我们的睫毛上，飘洒到我们需要安抚的心灵中。

站在冬日山城的一条街道，仰望天空，仰望天空。

# 雪落宁南

南，首先是一个地域概念。

宁南，又包含了许多的内容，远远超过了概念本身。

对于宁夏，宁南意味着什么，似乎用不着过多解释了。

下雪的那些天，我正在宁夏党校民族班当学员。知道老家那边瑞雪飘飘的一瞬间，如同接到了爱人问候的电话，骨头里面涌动起无数快乐的泡泡。

是的，那些黄褐色的山塬，那些尘土飞扬的山间大道，那些铁青色的屋瓦，以及麦场上金黄的麦草垛，都将被洁白的积雪覆盖。这种背景下的家园，如同一方净土，以一种清爽朴实的形象，符合了我的审美追求。

大地安然入睡，呼吸平稳，让植物的根更舒展地伸向她的深层。我的表情如同大地一样静穆。我供职的一家报社，报纸上肯定会有雪的消息，我们拟就的标题多半会是《喜降瑞雪》，并且迅速见诸要闻版。气象部门送来的稿件上，罗列着的那些数字不再枯燥，它们是跳动的，是一个个生命的符号，如冰雪下的一撮撮绿草，顽强地向我们的眼睛里逼近，在寒冷的空气中使我们的心里一阵阵发热：吆，西吉多少毫米，隆德多少毫米，原州区多少毫米。亲爱的雪，你让城里的编辑老师脸色都好看了许多。编辑们等不到好稿，脸色总是铁青着，今天，多少算是露出了一些笑容。不仅如此，我的一位文友，每逢这样的喜事，文思泉涌一般，总要写上一篇歌咏的文章，极有信心地给报纸的副刊投来。

在下雪的过程中，遥望宁南，我仿佛看见和我父亲一样的农民们，在雪中忙碌。他们弯着腰，紧握铁锨，将扫拢起来的雪轻轻拍打，让雪粘在一起。他们对每一铁锨雪都格外重视，场院干净地方的雪端进水窖里，牛圈门口的放在树坑里。我们那里称这活儿叫端雪。我们那个叫玉桥的村子里，有这么一个习惯，必须待大人扫开一条雪路后，才允许小孩子们出来活动，不然，孩子们不懂事，到处乱跑，会踩脏了那些雪。我站在宿舍楼的窗子前，让雪的气息从窗缝里钻进来逼近我。面对着窗外的世界，浮躁的心情逐渐平静。天地苍茫，皑皑白雪充满了我的视野，在目力所及之处，家园以一种诗意的形象，丰厚着我的想象。就有一种清洁的力量在心中弥漫，身体轻盈得似乎要飞起来，一个最质朴的愿望是，我感谢冬天的这一场雪，我感谢雪落宁南，我因此对宁南来年的春天充满了期待。

不久的一天，我身着单薄的衣服，在雪夜里行走。我这样的目的，就是要让零下的温度，冻硬我的骨骼，让清冽的雪气，深入我之肺腑。我愿意这样，在大地之上，悄无声息地疾走。

在冬夜的积雪上快乐地行走，让我对自己有了一丝好感。

# 似水流年

## 一

那时天还没有亮透，寒冬的原野一片沉寂，我要穿过那一大片沉寂的土地到我的家中去。天地间还残留着许多模糊的影子，我的心中有些发虚，唯恐一个什么怪物窜至眼前，对我实施突然袭击。我觉着内心深处那种战战兢兢的感觉正在生长起来，我只是本能地走着，目光警惕地打量着四周。

一大块子地的尽头是条水渠，渠畔上有户人家，一位老人在那扇木板门的吱呀声中走了出来。现在想来，老人大约是从我急促的呼吸中听出了我内心的惊恐，他的声音那么温和地说："谁家的巴郎子，不要害怕，庄子跟前全都是人气，再说，鸡早都叫了，还有啥物不害怕人？"老人的话让我心口那里的热乎气很快蔓延开来。定下神来，我看清了，嗨，一个穿黑袍戴暖帽的老人，肩膀上搭了毛巾。"我要上寺去，你往家里走，阿爷站在这里看着你。"老人又说。

我脚步从容地往家的方向走去，我的身后是一位老人的善良的目光，我的心中盛满了人世的温暖。

## 二

庄里有一个人，名字我已忆想不起，但长时间的，那形象挥之不去。

那时还是生产队，大家的光景都不好，他家似乎更差一些。我印象中在一年的冬春秋三个季节，他永远穿着一件黑棉袄，腰间束一根绳子，双手捅在一起，一脸笑容地站在村人中间说笑话：

蒸馍蘸辣子，一口一花子。

蒸馍蘸蒜，嘴里窝个大蛋。

……

还有很多，大都和吃的有关。

他说一句，人们哄地笑一声。

但就在生产责任制时，“蒸馍蘸辣子”的日子即将来临了，他却永远地走了。后来，人们每每忆起他，就说，唉，穷了一世，欢了一世。

的确，他虽贫穷了一生，却是乐观幽默了一生，在艰难困苦的岁月中将笑声带给了人们。

## 三

走进乡村，更能接近生活的真实，接触朴素的思想。我常常被俯下身子劳动的人们感动。

在干旱的山区，生存是艰难的，孩子们在飞扬的尘土中奔跑，老人们仰望天空的动作成为了一座雕塑。我感到了心灵的灼痛。曾经在一个时期，我幻想自己有一种本领，能够携带无限的清水，行走在阳光朗照的山塬梁峁，或者走进一眼眼窑洞，为人们的缸里倒上些水，为孩子们的碗里倒上些水，让我的山里的乡亲们美美地喝上一气。

这仅仅是一种幻想，很长时间里，我的心情因水而变得异常焦躁，异常难受。焦躁和难受，就是心灵被炙烤，就是灵魂在抽搐。

## 四

历史有惊人相似的一幕。

1997 年 9 月，“百井扶贫工程” 为西吉县沙沟乡打出了一眼甜水井，我去参加出水庆典，庆典刚一结束，我走向了前来观看的人群。我想找一位年长的回族老人采访。在人群的一侧，我看到一位脸膛黑红，没有胡须的老人向我微笑。我走过去，一边打开采访本，一边向那位老人问话。

“耶耶耶——” 他手指着自己的嘴巴，又用手指着那边哗哗流淌的清水，满脸幸福的表情。然后，他端起双手，成一个捧水喝的动作，连续往嘴边送，似乎喝饱了，他把手做成的 “碗” 放下，之后，变魔术一般把右手从怀里抽出来，竖起大拇指，有力地举在我的眼前，随之，饱经风霜的脸如花一般绽开了。

当年底，宁夏扶贫公路东干线甘城—高台段通车，甘城沟大桥同时建成，就在大桥上举行了隆重的通车典礼。鼓号齐鸣，鞭炮炸响，人头攒动，场面很是热闹，我在围观的群众中寻找采访对象。我看到一位四十岁左右的中年汉子，颠起脚，看着正对准讲话领导的摄像机，嘴微张，神情专注，很是投入。我便走过去和他搭话。他怔怔地望着我，突然，他用手一指山脚下的一个村庄，“淹——” 随之用手一绕，食指向下，直直地指着他的脚下，“淹！” 又举起手，食指指过大桥后，像一架飞机在空中缓缓滑行，他有点兴奋了。

旁边一位回族妇女一直静静地看着我们对话，她这时恐我不懂中年汉子的意思，对我解释说，他是说，他是从那达达一直走到这达达来的，尔格有了这桥，从这达达到那达达就近便了。

那位妇女为我翻译的整个过程中，中年汉子一直看着我，对我保持着他那独特的笑容。

# 石头眼镜

是个暑假。

我从学校里回来，帮家里割麦子。村庄在这个季节实在是充满了热烈而紧张的气氛。我割头趟，不歇气地要抢在家人前面，拼命表现出能干的样子，脸上黑水汗流。父亲从他的趟里抬起头，轻微的声音飘过来："缓缓割，缓缓割，劲不能一下子使完，割了还要拉，拉了还要碾呢。"我不说话，只狠劲割，并且越发地快了，似和谁赌气。我的这个动作表示不同意父亲的话。我听见父亲轻微地"嘻"了一声，像是自我解嘲。

一天下来，我发现我站起来时腰直不起来，用手去揉腰，胳膊的骨头似乎都在一跳一跳地疼，我就痛苦地摆动着脑袋。再看身上，沾满了麦芒、草籽，显得狼狈不堪。乏得不行，心里的火气就一丝一丝地旺起来。到家，已是暮色中了，手脸不洗，先拿了没看完的书，坐在门槛上。我读书成瘾，有时干着其他活儿，心里总惦记着书上的事情，一天不读那么几页，心里就不踏实，不舒畅。我的眼睛专注地盯在书页上，一边用手揉着酸痛无力的胳膊。父亲这时码完了麦捆子回来，又在院子里忙碌着，把牛从圈里牵出来饮水，又和我母亲铡从地里背回来的青草。在"嚓——嚓"的铡草声中，父亲的声音又远远地过来："鸡娃上架的这会儿，看书把人就看成鸡瞢眼了，到房里去，把灯泡拉着，噢。"

我心里那股火一下子对着父亲发开了，“就看呢，就看成鸡瞢眼呢，看不着路才好！”我粗声粗气地说了这么几句后，就进房去了。我听见父亲笑着对正在递草的母亲说：“娃乏了。”

我趴在桌上看书，院中的一切似乎慢慢静下去了。毫无声息地，父亲站在了门边，他像个不好意思进我房里来的学生，他苍老的脸对我嘿嘿地笑着，在灯光下，他的手展开了，手中是一副眼镜。

“把这个戴上，戴上看书眼就不干了，这镜坨是好石头。”他急急地说着，唯恐我不信，又自个戴上，两手捏着镜腿，对着灯泡瞅了一会，他又说，“好着呢，这是个老遗物，我一直收拾藏着。”

他把眼镜轻轻放到桌边，又说：“明个你缓一天，噢。”然后出门走了，到院中以后，在静静的黑暗中，他咳嗽了一声。

在这个过程中，我怔怔地站着，看着红红的灯泡，我是在父亲进门以后本能地站起来的。

红红的光映着我眼中一些闪烁的东西。

在我面前的是一副样子很老的石头镜，暗红色的圆框架，细细的镜腿，白的镜片反射着灯光，在这个夜晚，一直生动地对着我。

直至以后的许多个夜晚，那双含笑的真切的眼睛一直看着我。

# 心语三章

## 置身土地

秋天的中午,我坐在庄稼地里。庄稼地里很空旷,坐下去以后我发现地里原来长满了阳光。风吹不动这种作物,它们坚硬的茎秆植进我的前额,血红如高粱。

土地很广大,我自己就成了一个没被拾进背篓的土豆,黑乎乎的土豆,这样也好,我就准备在土里过冬。

地里的阳光长得真不错,地里一定不冷。

那么,在春天到来的时候,我就水淋淋的,让羊来啃。

## 故　事

故事距离故事有时很远,时间的蓝烟,飘飘地越过一片黑色的屋脊时,就会有鹿驮着少年穿越山涧,在风的声音中,一种嘴脸和山洞一同坠于谷底。故事总喜欢回顾过去,把半路上的正义和善良、勇气和智慧,连同一些自然的伴奏,指给人看。

故事总说从前呐——

其实,故事在整部故事中不会隔断,如江如海,泱泱地循环。

## 音　乐

远离乡村，关于乡村的音乐，在城市的音箱里涨潮，让我湿淋淋的心头，急切寻找一个干燥的墙角。

远离亲人，心情被一双双眼睛温柔地分割，感情已脆弱得在乡音的呼唤中不堪一击。

正是落雪季节，温情被深埋土下，来自山地的民歌，覆盖了我的心际。

# 走进黄昏

常常想走进黄昏。

想一个人悄悄地走在黄昏的庄稼地里，走在田埂上，走在河岸上。关闭了思绪，就那么淡淡地、静静地走。

让风轻吹。

让风柔柔地吹我的发，抚我的脸，让风贴了我的身体，审视我的血管，我的亲人们，让我在黄昏的风中像片树叶一样颤动一下。

该有鸟啼。一只看不见的鸟儿，自那天外美丽地啼出声来，清脆嘹亮地掠过长空，撒布于微风中，于青草梢头，于小河的水面上，清歌一般，也润润地入了我的心里去。

我常常设置着这么一种美丽的境界，但是常常不能走入。

曾经有一次，是在外地，我走在柏油路上，街上各色行人匆匆，夕阳的余晖涂满城市高大的楼群，我看到，夕阳使那些砖石的建筑显出了一层温柔的情调，我在这种情况下开始喜爱城市。不过那天，我还是这么想，在我的那个小镇上，夕阳这时正照在我们学校后面的那一片山坡上，把那些黄土，那些青草，以及那个坡度，都照耀得生动无比。

我的心里真是暖和啊。

在远方，我有这么一次在黄昏中打动了自己的经历。

居家久了，人似站在一条传送皮带上，被一种力量推拥着，日复一日，黄昏在远方的山峦上逐渐淡去。

黄昏的山坡在眼中也都视而不见了。

但是，这一日，却站在了庄稼地里，是黄昏时候，隔了窄窄的几条土巷，就仿佛是另一种境界。庄稼地已被铁犁耕过，麦茬子深深地埋入土中，走动着，能感觉到土地的绵软、温热。远山苍茫，小河无声，树们站立着，我站立着，人世就如我想象的寂静成这么一种风景吗？

啊，不不——远处有着一个头搭红纱巾的姑娘，正在一块马铃薯地里，铁锨已插进了地里，那方红纱巾，耀眼在一片墨绿的马铃薯蔓上。

一个戴白帽的汉子，肩上掮了铁锨，高大的身子正沿着渠坝走过去。

而在我的身后，远路来的汽车在小镇饭馆门前的刹车声，街口人家电锯的吱吱声，学校操场上学生们的嬉闹声，都隐约地传过来，不知是隔了几堵土墙还是什么缘故，这些声音都细微、轻柔，仿佛来自一个遥远的地方。

但是听得真切。

我似乎也听到了儿子在小家门口对于我的呼唤，那种稚嫩的童音搅动得我内心热浪滚滚。

黄昏，黄昏，走入你，我知道，我不是拒绝生活，而是更真切地倾听来自生活的喧腾。走进黄昏，就是走进一种宁静的温暖里。

# 人民广场

这一天，我坐在了老一中对面的人民广场。

这是五月中旬的一个周末，广场上正在举办房车展。

广场的中心，被各类漂亮的轿车占领了，各个汽车生产厂家的旗帜在广场的上空随风飘扬。广场的四周，是搭起来的蓝色帐篷，帐篷前面的展板上，展示着各种户型的楼盘。售楼小姐们化了淡妆，身着制服，面带微笑看着在附近溜达的市民，看上去精神饱满意气风发，表现出了良好的职业素养。市民在不远处向售楼的蓝色帐篷张望，暂时还没有勇气走近。

广场的重要位置上停放着车子，次要位置是销售房子的所在，我只好在广场最边缘围着青草的石板上坐下来。

在五月上旬的这一段时间里，太阳忽隐忽现，现出来的时候，也不够炽热，但是这一天，光线热烈地照耀下来，让我感受到了夏天的气氛。我想晒晒太阳。

我刚坐下来，就有一个学生模样的孩子，快步向我走来，微笑着，甚至有些不好意思地将一张大大的宣传单递给我，在我耳边快快地说着什么，周围有些嘈杂，说的什么不很清楚，但传单上的内容一目了然，是房产广告。广告设计得很专业，楼盘的外形、主入口景观、小区绿地、喷泉、户型剖面图，你想了解的都为你清楚地显示着。传单的另一面，是价钱的事情，从首付到交钱时间的迟早，有各种区别，在活动期间购房更有许多优惠，很细致。传单是用铜版纸印刷的，质感很好，很精致。商家的用心，在这一瞬间让我有些感慨，让我想有所行动，为这样用心做事的人掏出腰包里的钱。的确谁都不容易。但在认真仔细地回忆了我的存折上的数目之后，我又重新淡定下来。

我只是认真地阅读着铜版纸上的内容。在用一个微笑将发传单的孩子送走之后，将那张质地很好的传单垫在了屁股下面，那些金碧辉煌的高楼被我坐在屁股下面，真是别有一番滋味在心头，至少，是感觉不到石板的潮湿了。

在我愉快地拿了第一张传单后，那些散布在广场上，眼睛打量着需要及时给谁送上一张传单的男孩子女孩子，纷纷向我走过来，微笑着将一张张传单递给我，有些还热情地向你介绍起来。我也是微笑着将这些传单一一收下。一会儿时间，拿在手里的传单足有一本杂志那么厚了。发传单的那些孩子，有些是大学毕业后，刚刚步入职场，还稚气未脱，有些是还在上大学的孩子，作为志愿者，参加社会实践的。我的大儿子也刚刚步入职场，走向社会，小儿子还正在大学学习。这些发传单的孩子一个个从我面前走过，腼腆地对我笑一笑，将一个个背影留给我，让我想起了自己的孩子。我将那些传单一一阅读。

这时候，人民广场西侧的舞台上，音乐忽然响起，在主持人的一番话语之后，歌声传来。歌声中那熟悉的歌词一下让我兴奋起来，那是小沈阳演唱的《我的好兄弟》，是我非常喜欢的歌曲。我一下站起来，向着那边走去。

偌大的舞台上，一侧站着几位穿着演出服装，显得时尚漂亮的姑娘，她们大概要表演下一个节目，静静地等待着。舞台的中央，只有一个瘦瘦的男孩，穿一身黑西服，手握话筒，目视远方，声音有些嘶哑地在唱：

在你辉煌的时刻
让我为你唱首歌
我的好兄弟
心里有苦你对我说

前方大路一起走
哪怕是河也一起过
苦点累点
又能算什么

在你需要我的时候
我来陪你一起度过
我的好兄弟
心里有苦你对我说

人生难得起起落落
还是要坚强地生活
哭过笑过
至少你还有我
朋友的情谊比天还高比地还辽阔
那些岁月我们一定会记得
……

在五月的阳光里，在人声喧哗的广场上，突然地，我的眼泪，没有出息地夺眶而出。

太阳热热地照在身上，在人流穿梭的广场上，心中很安静，那些喧嚣的声音，仿佛在一个遥远的地方。

# 遥想青草

白天,我在老家的院子里转悠的时候,看见我使用过的那把镰刀挂在牛圈的窗子上。镰刀上布满了暗红色的铁锈,杏木镰把上也积攒着多年的尘埃,一副被人遗忘的毫无生气的样子。我隔着窗子和圈里的牛对视。牛先前在吃草,抬起头时看见了我,于是嘴里嚼着草,瞪着牛眼看我。那样子似在说,这个人好像在哪里见过呢,这是不是家里在外面拿工资的那个人?原来很瘦的呀,现在咋胖成这样了,是不是一天只吃饭不干活?幸好还没有忘记家里的老人,还知道过段时间回来看一看,脚上沾上一些老家的泥土,也还差不多。牛对我点了点头,低下头继续吃草。

我看牛吃着的槽里,是干燥的麦草,和着几根绿草——少得可怜的几根绿草。过去的那些年,6 月里牛槽里一定堆满了青草,那些嫩绿的青草,牛用舌头卷着吃,声音听起来如同铡草,牛甩着头,神气得很。这如同庄里的人,进入一年的五黄六月,就要吃干拌面,喝白米汤,因为开始割麦子了,做些好吃的吃,当在情理之中。但现在,在这样旱的天气里,牛仍然吃着干草,先前满足地吃过青草的牛大概是这头牛的祖母了。那时山上有草,现在,那一片一片的绿草哪里去了?让我连想看一眼的一片都已找寻不见了。

现在已无青草可割。

是我割光了山坡上的草吗?那把锈迹斑斑的镰刀悬挂着,如一件凶器,证明着一个少年的刈割行为。

我是割过草,可我仅仅割了草,我没有让草的根从泥土中裸露出来,我不忍心干那样的事情。把白嫩的草根从泥土里翻出来,看着它慢慢变了颜色,缩成一团枯死,就如同对一个人施以酷刑,让其在烈日下干死一样,那是怎样冷酷的一种行为啊。

是我那一茬的孩子割了草,接下来的一茬孩子挖了根吗?

我不相信。摇曳的青草滋润过每一位割草少年的心。身背背篓的少年,割上一背篓青草,回去放在牛圈门口,就能心安理得地接过母亲递来的饭碗,吃上一碗,还要一碗。在青草里滚过的少年,哪能如此对待亲如弟兄的青草呢?

旱土上的青草啊,你是被渴死了。

在这样一个季节,我的心被旱情一下一下抽打。我的故乡,我的青草。

暮霭四合的时候,牛羊在村口骚动。在宁夏南部山区的一个小村庄,我肃穆着表情,仰望星空,我在为我的青草企盼一滴雨水。

后来的一天,在城里,听藏族歌手德乾旺姆的《在那草地上》,歌手唱的是一位叫仁增旺姆的姑娘在草地上愉快地奔跑,因为她心中有美好的爱情。丰盈的水草气息透过歌声绿了我的眼睛,给了我一丝慰藉。可西海固旱土上我善良贤惠的乡下妹妹,你站立在哪一块绿草之中呢?

# 我们上路

我们不是旅人，但我们注定要上路。

我们的曾握紧镰刀，对着麦子挥动的手，曾操着木锨一锨一锨从麦糠里扬出麦粒的手，现在，在从九月开始的这个行程中，又捧起了另外的一些东西，它们不是简单的劳动工具，我们深知，但它们比农具要沉重得多，它们比犁铧对土地的启示也要深刻得多。在用墨汁刷过的黑板上，用白色的粉笔庄重地写下第一行字之前，我们摩挲了一下双手。

端坐在我们对面的，是这座山的孩子，他们也刚刚帮他们的父辈把麦草拉到家里，摞成垛子，用背篼把麦糠装进喂牛的棚子里，在对着我们齐刷刷地吼了一声“老师好”后，他们的小脸儿活泛了起来，开始用同样也磨有几个水泡的小手翻动新的散发着油墨清香的书本。他们喜悦地，同时又是小心地翻动着，书本在他们的翻动中发出一片嘎啦嘎啦的响声。煮玉米的香味从他们的书包里飘出来。

铃声在寂静了些许日子的校园里激荡着人心。

孩子们的嬉闹成为最动人的天籁之音。

是的，又要上路了。

自然，我们要走在前面，他们都还小，布缝的书包甩打着他们的屁股，里面的文具盒叮当作响，在山坡上这一片广大的青草间，就像是流动的琴声。他们亮亮的目光看着我们的背影,我们感觉到了那一大片明亮里显示着的深信不疑——他们在跟着他们的老师上路。

在每一个夜晚,我们将用红蓝墨水描绘着一道道色彩缤纷的轨迹,这些轨迹最终将连接起来,演示我们上路的全部过程。

窗外是满天星斗。

而在晨光熹微的那个时候,农人们掮着木犁,和牛一块走向田园,从塬上下来的风掀起我们的黑发。

就这样上路。

影子即使被随风飘来的云块遮住,脚印会留下的,会深深地嵌进土里,沿足踝而下的汗水会滋生出一些小花,在以后的日子里,那些形象质朴的小花会面对了古老的太阳微笑,那些小花在黄色的土塬上,会一个遥望一个,无限深情地成为一座路标。

去迎接日出,去接近远方那一片林立着的辉煌的景色。

那不是海市蜃楼,我们深信。

我们上路。

我们上路。

# 炮　楼

那时,我在一个小镇的一所中学里教书。

学校住房紧张,一人勉强一间,大约12平方米,3口之家所有的物什都填塞在了里面,一张大床就占去了房子的四分之一。床下面是我们需要煮饭和取暖的炭,一块一块码起来,顶着床板,那些乌黑的炭块在床边形成了一个斜坡,时常将从床上往下溜的我的儿子的裤腿染黑。如果一个从远山里来的农民进入我的宿舍,对我还是有点羡慕的,他觉得我的炭还是比较多的,如果镇上那些做生意的人来到我的宿舍,大概会有不解的神情:哎,你看你把炭稀罕得放在房里了,堆到院里看把它给病了!他们拉来一车一车的炭是倒在院里甚至倒在大门外边,可我不能,我们学校的所有老师都不能,我们指靠着学校分的这些炭要度过一个冬季。不过,那些生意人一般不到我们老师们的“家”里来,我们更不会把他们招呼到我们的“家”里。

床头是一张课桌,上面放教本、教案,放学生的作业本,放《小说月报》《朔方》《六盘山》,放我的孩子用蜡笔画的画儿。房子的另一侧,门后是水桶,下面垫了红砖,水桶过来是一张小些的课桌,上面搁案板,下面放面袋子、米袋子、菜篮子,也垫了红砖,它们弟兄们一样紧挨着。我的妻子还特意扯了二尺花布,用图钉钉在桌子上,状如屏风,“三子”如同进了雅座。小课桌再过来,便是锅碗盆罐之类了。

炉子稳稳当当占据着房子正中。

冬天，妻子在炉子上给我和儿子做饭，揪面、臊子面、干拌面、白米干饭、黄米稀饭、扁豆米汤，洋芋菜、包包菜、大白菜。屋子里很暖和，我从心底里知感着生活的平静和充实。在深夜，一盏孤灯下，那些关于家园与粮食，土地与生活的诗歌，让我一次次泪涌双眼。那一串串伤痕累累的心灵呼吸，一个搀扶着一个，挺着脊梁，站在我的书桌上，站在我的对面。风，在冬日校园的上空一次次掠过。

冬天过去，春天到来，夏天到来，那份温暖走向了一个极端。你不能不吃饭，做饭时屋里真如蒸笼一般，令我们频频出汗。一捅炉子，便将窗子大开，门大开，门帘搭起，把儿子打发到操场一带。我的隔壁是教语文的火老师，火老师的隔壁是教数学的李老师，每次饭罢，我们都斜倚着门框，有气无力地说热。

我们决定想想办法。后来就把炉子挪到了门边，还是不行，那股闷热挥之不去，再后来，便一家有了一座"炮楼"。

灵感来源于小镇街市上的小吃摊。

寻一旧铁桶，正面剪一大洞，安半截炉筒，背面剪一小洞，安鼓风机，侧面剪成正方形，炭铲能自由出入即可，便于添炭。桶内用砖支起炉条，用红胶泥抹了。只半天工夫，炮楼便蹲在了我们门口的台沿上。三座形状一模一样的炮楼，一溜儿排开，黑洞洞的炉筒对着远方，乍一看，还真有那么一种样子。

暮色苍茫时分，我们三家一块做饭，用麦草引着火，两铲子疙瘩炭架进去，鼓风机一插，随着"呜——"的一响，一股黑烟喷出后，炭燃烧起来，火使劲舔着锅底，火很旺，从炉筒里喷出有一步远，火光映红了砖墙。三个女人各自挥舞着炒菜的铲子，手里显得很忙，三人的姿势几乎一样，仿佛在跳一种什么舞蹈。铲子和锅轻轻碰撞的声音，菜在锅里滋啦作响的声音，都很美妙。三家的孩子出神地盯着三座神奇的炮楼，似乎不解——世界怎么变化得这么快？我们仨男人站在台沿上，站在各自的妻子身后，看暮霭笼罩着的校园，看校园大门外的一段灰白的街道。远远的街上，一个人在大声喊着另一个人的名字，开着对方的玩笑。就要上晚自习的学生们端着搪瓷缸子，端着饭盒，拿着玻璃瓶子去水房里灌凉水，三三两两从我们面前走过时，对着我们笑一笑，又对着炮楼笑一笑，有些还饶有兴致地停下来，歪着头看，想对我们说几句什么，又不知说几句什么好。

老师了解学生，那一张张有点腼腆有点激动的脸上的神情在说：老师不愧是老师——

后来，工作调动，要搬家，该扔的都扔了，我的那座炮楼却是不舍，花费力气搬回去，安放在了老家的屋檐下。

# 乖　娃

乖娃很早没了父亲。那时田还没分，秋天时常有“东方红”拖拉机响声很大地从公路上压过，链轨上带着翻起的黄土。乖娃父亲候一“东方红”过来时，瞅着司机没看见，就踩在了链轨的尾巴上。这个一身木讷的人看着链子一节一节笨拙然而坚实地向前滚去，他就对着路上的行人笑眯眯的。能够这样搭一程“东方红”似乎也是一种荣耀。

但是他的棉袄的烂里襟挂到了链子上。链子把一个人就那么一下拖了过去……给村人留下了一副微微涨红了的笑眯眯的表情。

乖娃那时八岁，已上学了。

乖娃从此嘴上方是两溜干黄的鼻痂子，不擦。放学了，一帮子同学走到队部门口，要耍一会，跳山羊。乖娃就是“山羊”。

“乖娃，蹴下噢，就跳一阵。”

“乖娃，多乖的娃。”

乖娃已蹴下了，像一只温顺的绵羊，眼睛平静地看着队部办公室的油漆斑驳的门，这之前的几天，经过几位的教训，乖娃已“服”了。有时，跳过去的瞬间，按在乖娃头上的手把头按得有点疼了，乖娃会涨红了脖子，眼睛白乎乎地斜翻上来“你按……”

“没防住，没防住。”对方对乖娃笑一笑。

乖娃就又平静了。

常常，跳的人都回家了，回了很长时间，庄子里似乎很静，乖娃还在那儿，屁股坐在腿上，静静地，看着地面，刮风了，乖娃不动，下雨了，乖娃不动……

乖娃母亲就用一截铁丝，给乖娃造了一把“手枪”，还挽上了一绺红毛线，她郑重其事地把“枪”交给儿子，说：“俺娃有枪呢。”

乖娃威风了半天，枪就插在了别人的腰里。

母亲这次真正心疼了，她在黄昏的黄风中挨家挨户地拖长了衰弱的声音说：“你把俺娃的枪来？你把俺娃的枪来？”

这样过了不长时间，母亲终于和乖娃的父亲睡在了一个坟院里。

后来……

后来乖娃大概是到了伊犁河谷的一个什么地方，具体地址村人不详。只是这二年，又回到了小桥子。临街租一间门面，挂起“小桥子皮鞋厂”的牌子，招来三四个帮工，给小桥子周围的人定做皮鞋。乖娃做的皮鞋结实大方，小桥子人穿上，抬起右脚看看，又抬起左脚看看，表情很生动地说：“谁能想到，乖娃这个蔫娃，有这个能耐。”

乖娃还是那样，仍那么不声不响，如他父亲一样，一笑一说话脸就红起来。

闲聊中，人们知道，乖娃把手艺教给小桥子人，仍要回伊犁的。

# 麦　场

## 一

有庄稼汉的地方就有麦场。

麦场平硬的版面上篆刻着庄稼汉的光脚板印，用粗线条勾勒出的是粗圆的碌碡。

塬上的日头移过来，麦场就有些白晃晃的光，这光从汉子们的胸腔里渗进去，他们的嘴慢慢张成一个扁圆。

没说什么话。

自从有了这庄，就有了这麦场。汉子们不晓得这庄西南土坡上已埋了几辈人，不然他们就可以估摸这麦场的年代。

## 二

顺代表着西吉的葫芦河下行，在河床变宽变平河水变清变缓的同位角上，是我们下堡子。一条总是忙忙碌碌的公路从旁边穿过，盖板砌成的水渠里的水和公路相依而流，麦场便设置于庄中心。

早先有土墙围着，土墙不高，但宽厚，已很有些年头了，及一帮看了《铁道游击队》《三进山城》的小子们在其上"飞车夺枪""逾墙而进"之后，墙就一日不似一日，终而只遗下一带微隆的土背，这样倒好，过场风来得快，扬麦子利当。

即使在冬天，我们的麦场上还竖有柔黄的麦草垛，碌碡们个个“卧”在麦草垛下，底侧缠连着一些麦草。

## 三

在六月里，下堡子外出挖草药的，贩羊毛的，下煤窑的，揽工寻活的，及干国家工作的，都从各处归回。有的在灰尘仆仆的班车里就相遇了，道了“色俩目”，对各自的收入和营生，或谦虚或谦虚般地炫耀一番，就急着说婆娘们怕把麦子都割倒了，回去上麦场啊。大学校、小学校里的学生放了假，下堡子的学生都会在麦场见面。

回来就热乎乎地奔去麦场，汉子们甩开膀子，用长把铁叉把麦捆从麦垛上甩下来，女人娃娃就把麦捆拖开去，在场里摊平摊圆，强烈的阳光把麦芒晒得铮铮作响，手扶拖拉机“拖拖拖”地响了起来，人们在阳光下忙碌着，神情亢奋。汗流满面之间，麦垛上的娃他大从屁股后的裤兜里抽出一张大票子，指令下面一个拖麦捆的娃儿去驮一尼龙袋瓜来。这尼龙袋就是化肥袋子，用光化肥以后，这袋子在许多场合都派上了用处。娃儿便乐滋滋热腾腾地去了，不大工夫，从庄中瓜农的瓜田里驮来西瓜，娃他大就从麦垛上顺下来，于麦垛下的荫凉里，一家人放开嘴巴，吸哩呼噜，均有愉悦幸福模样。

给拖拉机手做了泼油凉面，备下西瓜，头遍碾过以后，便请去吃饭。

机器的轮子轧过麦秸，后面拖拉着的石碌碡碾过麦秸，一圈一圈压着辙，麦秸开始变柔、变软，波动如白色奔马的鬣鬃。

麦场上的阳光沐浴着麦场上的人，一派绚和。

# 四

晴极朗极的天空却总让汉子们心里不踏实，热空气止住了风声，强烈的阳光，就像给人的背子上溅上了几点子开水。机器和碌碡在人们的眼前一晃一圈，一晃一圈，机手又向外拨了一下油门，黑烟咕嘟嘟冒出来。汉子们抬头望离麦场不远处的那个红泥沟，心咚咚地跳得很不均衡。若被暴雨一浇，这干爆爆的麦子不及时苫盖，须再晒再碾，这个也不大紧，若是雨淫三四天，麦粒从麦衣中扬不出来，受潮受热发芽，那么你顿顿吃麦芽盒盒去吧。那麦芽盒盒就如糖包子，吃上一两个有味道，吃上一两顿就发腻，吃上三天就甜得你哇哇干呕，好不作难人也。

回民们爱说“怕处有鬼”。汉子们在麦场里抖草，右手抓一把麦子向左手溜，嘴同时拂拂地吹着，干红的新麦粒在左右手掌中攒聚，便伸给婆娘看，相互传递着收获的那种惬意，娃儿就发急喊了一声“黑云”。

场上人的心咚咚地一响。

从那处神秘的红泥沟沟口上方漫过来一片乌云，前锋形如小娃的一摊尿迹，续着的那些却如墨汁从瓶口倾出来，沟极深处，如墨汁瓶在不平的桌面上滚动一样——闷雷已起。

汉子们摸一把脸，朝手心里啐几星唾沫，操起铁叉，大步走进麦摊，日一声挑起草就走，婆娘们操起扫帚，娃们拽起推把，手扶被踏直脚轮，驶到麦场边停下熄火，机手顺手抓过了一把弯叉。急速动作，全力以赴，像进行一场战斗似的。

风响树摇，第一批雨点砸在人们背上，感觉温腾腾的。

用叉起长麦草成堆，用推把推麦粒成堆，扫帚紧紧随上，脚跟不沾地面，麦衣麦草飘舞而起，粘贴在人热汗淋漓的脸颊、脖颈上，汗泥给人的脸涂上了一层重油彩。扫帚呼呼呼，麦衣很忙地缩成坟状，速以麦草覆之。

嘎巴一声炸雷，雨如盆泼，汉子们不躲不避，索性被雨冲洗着，很高兴似的。下吧，十天半月，麦粒还会是麦粒，雨下不进麦草里去。麦草就是雨衣。

雨成很粗的明线拉下来，公路上溅起了泥点，水渠里涌动着浮白沫的水，屋瓦塄里啪啦地响。

## 五

天空很快又露出了一片蓝，雨迅速收势，云成团向北移去，太阳突然就灿烂地照射出来，映得场里人的脸都通红发亮。

就是这过雨，气象台所说的雷阵雨。

……

暮色铺开，柔和而轻快，汉子们吃过晚饭，抹了嘴巴，捏一管手电，提一柄铁叉，来到场院里麦草堆中，撕成一个被窝，一个新麦草味儿的热烘烘的被窝。礼“沙母”前的梆声正一下一下地响着。

有人拎来装电池的录音机，录音机里唱“妹妹你大胆地往前走，往前走，莫回呀头”，麦草窝中的汉子们听了，禁不住龇牙一笑。

文化站里的录像已放至热闹处，呀嗨——高手在用力打出一掌。

下堡子上下崖畔的电灯一盏一盏亮着。

麦场上麦草窝里的汉子们毫无睡意。

# 夜 路

父亲三十岁那年,得了一场病。得的什么病,我至今没有搞清楚,我想父亲至今也没有搞清楚他得了什么病。那时看病的先生总给人一种神秘的感觉,显得很严肃,不轻易说话,抓脉,用一下听诊器,开药,说这个吃几片,那个吃几片。病人家属只是一个劲点头称是,不敢提问,也问不出什么合适的问题,一脸恭敬地送先生出门。总之,是父亲得了一场病,躺倒了。

我当时大概十岁。我印象中躺在炕上的父亲脸色通红,眼睛常常闭着,有时睁开了,用虚弱的眼光瞅一会我,又闭住了。父亲额头上搭着一条用开水泡过的白毛巾,一缕缕白色的水汽缓缓上升?一会儿,父亲又会睁开眼,望着发黑的屋顶。我坐在他的脚边,我的面前是一扇古老的窗户,通过这扇窗户能看见我家古老的黑漆大门。有时,门一响,走进一个亲戚来,大多是他的姑舅,手绢中包着几个苹果,几只柿子,或几个冻梨,提在手中。他们往往俯下脸去,很近地看着我的父亲。父亲不咳不喘,也没有痛苦的表情,脸上很平静,只是脸色通红。他安静地躺着,姑舅们看他的时候,他有时昏沉地睡着了,有时会睁开眼睛,衰弱的眼光对着他的姑舅。他们不说话,一句话也不说。父亲不哭,但他的姑舅们眼中却淌出泪来,落在父亲的脸上。姑舅们用手轻轻地抹去那些眼泪,又把被子往好里盖一盖,然后,姑舅们就坐在地上的白条凳上去吃臊子面。家乡规程，来看病人的亲戚一定要给做饭。你想，有些亲戚是从山里来的，要翻山越岭，不吃饭的话，那怎么得了。臊子面是由奶奶和母亲操持的，臊子是由胡萝卜丁、洋芋丁和一点点牛肉烩成的，母亲擀的长面又长又有筋骨。下菜往往是一碟腌韭菜，一碟腌白菜，还有一碟胡萝卜丝，一碟油泼辣子，这是很有讲究的，上姑舅来了，就要摆 4 个碟子。那时的规程多，生活艰难，家有病人，也仍然按规程行事。

亲戚们走之前，解开他们的手绢，放下带给病人的果子，四个五个的，却一律拿过一个来，放在我面前的一张窄窄的窗台上，那些苹果柿子梨子核桃从窗台的一头摆到了另一头。我跪在炕上，不断地给那些果子变换队形，一会让柿子当排头兵，一会是苹果，一会又变成核桃。我沉浸在自己的这种游戏中。有一次，父亲醒了过来，看着我，想努力对我笑一下，但表情极不协调，父亲在病中的那种“笑”着的模样令我心头一颤。我的命运坎坷，饱受生活打击的病中父亲啊！

亲戚们在相互打听着，有几天听说病重了，来看望的人会多一些，有几天听说松缓一些了，家中则显得安静。奶奶和母亲把我的姐姐妹妹关在另一间房子里，做些针头线脑之类的家务活，那一个阶段，我似乎一直在父亲的脚下，玩着我的那些果子。

终于有一天，我被从梦中叫醒了。

大约是半夜，外面很黑很静，房里点着灯。奶奶在给我穿黑棉袄的同时，母亲就在用毛巾给我擦脸。我感觉奶奶和母亲都有点紧张，我的头发根子一下噌噌噌硬起来，奶奶不断用手梳理着我的头发，似乎用这个动作来给我壮胆。她说，耶尔古拜，你快去请杨先生，你大烧得很，奶奶怕等不到天亮，你敢不敢去？奶奶表面的平静中隐藏着巨大的焦虑和不安，我想奶奶即将要放声大哭了。就在她又一次用征询的目光看着我时，我点了点头。

我不怕，奶奶，我敢去！杨先生家住在半山腰，要经过一条长长的土巷，但我不怕。杨先生家有一条凶猛的黑狗，曾咬伤不少孩子的腿，但我不怕。我在心中大声说。

手中握着一根长长的杨木鞭杆，奶奶和母亲把我送出门。我大步往杨先生家的方向走去。夜很静，月光朦胧，夜风吹拂着我的前额，夜气包裹着我，心中竟没有一丝恐惧的感觉。走过苏尔玛的家门，我在那条野狼出没过的窄长的土巷里看见了满天的星星。顺山坡往杨先生家走的时候，回望熟睡中的村庄，不禁心生豪情，这个时候，大概只有我一人走在路上，我醒着，走着。我不是趁黑夜潜行去做小偷，我是去请一位先生给父亲治病的。父亲病一好，又会站起来去犁地、摆耧、割麦、打场。父亲能在深夜看守着水渠给麦子灌水，父亲秋天常睡在大场上，看管村里的粮食，父亲能给家里挣来工分。这就是说，父亲一好，我们全家也就好了。我能在深夜翻身起床，手握一根杨木鞭杆去请先生，而没有坐在地上打滚哭闹，是因为我明白了自己的使命。在那一刻，我觉着我长大了几岁，我对自己感到较为满意。至于杨先生家的那条黑狗，如果扑过来，我就把鞭杆狠狠地捅向它的嘴里，一直从喉咙捅下去。

后来，我叫开杨先生的家门时，杨先生有点惊讶，那条狗脸色铁青着叫了起来，被主人训斥了几句，立刻闭了嘴。杨先生很快穿戴整齐了，我把鞭杆让给杨先生拄着，替他背了药箱，走在寂静的村庄之间。

后来，父亲的病一天天好了。父亲如今已是六十多岁的人了。

时至今日，我已三十多岁了，我和许多饱食终日的城里人一样习惯在清晨呼呼大睡，很多年我们没有见过太阳是如何跃出山头的，很多年我们没有感觉到夜气的清爽怡人，我们日渐变得迟钝而麻木，嘴里嗯嗯啊啊地说着一些世故的话，惭愧得要死的时候，我常常会想起，我所走过的唯一的一次夜路。

# 行走的姿态

## 一

收到一本印刷精美的杂志，封面上的男人，将皮鞋挂在肩上，身背行囊，手握相机，挽着裤腿，趟过一条河流。这是一个脸上写满沧桑的男人。从内页的介绍中，知道他叫王石，是国内某著名公司的董事长，已 55 岁了。他经常在山上和极地出现，曾上到珠峰 6000 米的高度，在他 54 岁的时候，完成了攀登七大洲的高峰和达到两个极点的“7+2”计划。一个成功的企业家，却又在翻越着许多的高山，需要异乎寻常的执着。我读关于这个人的文字，感觉他就是不让自己停下来，他需要不断行走，在行走与攀登中挑战自我，超越自己。他要让自己醒着。

## 二

许多年前，我在一所大学的中文系读书。教学楼下是一条长长的石板路，路两旁有丁香树，丁香花散发着幽香。隔段时间，就能看到我的一位写散文的老师，在那石板路上轻轻走过。他有时会在丁香树前停下来，静静地看着那些叶子，那种淡淡的花香在风中飘散。更多的时间，他只是在那石板路上走来走去，或者从这条石板路走到那条石板路。有同学说，老师在赏花呢。老师喜欢写一些关于花草的文字。我当时想，也许吧。现在，我突然明白了，那是老师的一种行走，他要让思绪流动起来，流动起来就会有一些鲜活的东西。人呆坐得久了，身体会生锈的，思想与情感也会生锈的。他需要意识的流动，就需要行为上的行走，双脚的运动。他要给我们讲课，不能走到更远一些的地方去，就在脚力能及的地方走动。现在，他已退休了，我仍然在区内外的报刊上读到他的文章。

## 三

同样是许多年以前，我还在一所中学教书的时候，暑假里逃脱不了要在火辣辣的太阳下挥镰割麦。身边是长满青草的地埂，眼前是黄灿灿的麦子，头顶是红彤彤的太阳，人隐在麦浪里，一镰又一镰，奋力地向前割去。汗从脸上漫下来，蜇着被麦芒扎过的脖颈，我的眼镜上也蒙上了麦地里的尘土，看起来有些狼狈不堪。身后是横七竖八的麦捆，麦捆中间胡乱放着外套还有吃的喝的，在这种忙作一团的狼藉中，头脑深处却是清晰的，知道自己用力的方向。地头就在那边，使劲割，割完了就可以回家。回家以后呢？洗了手脸，母亲会将凉面端上来。吃了凉面，就可以在灯光下，在一个人的小房子里，读梭罗的《瓦尔登湖》了。“我便这样一连几天，用那狭小的斧头，伐木丁丁，砍削木料、门柱和椽木，并没有什么可以奉告的思想，也没有什么学究式的思维，只是自己歌唱着。”梭罗的文字，多么简单、随意，又多么从容、博大。

从家里到麦地，从麦地回到家里，这是一个过程，这个过程中淌了好多汗，将身体里的一些杂质过滤了出去，人的精神集中了，就那么一个单纯的目标，不考虑许多，不左思右想，不犹豫徘徊，目标明确,虽然劳动是沉重的,头脑里却轻松活跃。出汗也是一种行走,我们需要出汗。

## 四

人是要经常行走的。要干些什么事,有一个什么目标,我想要尽量多走,虽不一定去攀登珠峰,但要经常保持一种行走的姿态。范长江新闻奖获得者、《武汉晚报》记者范春歌说过这样一句话:人在路上,是一种苏醒的状态;人在路上,是经常被感动着的。

# 老家，心灵的港湾

麦秸垛。烟囱上的蓝烟。阳光照耀着的黄土墙。一盘温暖的土炕。亮槽上的牛哞。隔壁人家一只公鸡慵懒的啼声。红红的炉火。父亲的咳嗽。母亲的笑容。

老家,这些鲜明的印记,这些质朴平凡的意象,闪烁在我们的心之深处。

老家在西吉南部的一个村子里,村子约一百户人家,中静公路穿村而过,和著名的单家集离得不远。对别人介绍我的老家时,一说在单家集的哪里哪里,别人立刻也就知道我的老家的方位了。

老家的院门是一道拱形土门,房子是土坯房,已有些年代了。老家只剩下了父亲母亲,守着他们的老院子。春节长假的时候,我往往回到老家的老院子里,放下拿回来的包包袋袋,脱鞋就上炕。印花棉布被子盖在腿上,转动着眼珠看老屋里的一切。老式炕柜,旧式板柜,脱了漆的茶几,这些我儿时就熟悉的家具,依然大方沉稳地出现在我们的生活之中,和我们相依相伴。屋外有零星的雪花,烤箱里的炭火燃得正旺,屋子很暖和。这份温暖我要感谢我的二姐和四妹。烤箱是二姐给我父母买的,烧的炭是四妹叫人用“蹦蹦车”送来的,每年都送。我所能做的,就是每每回去,捅捅炉子,使炉子里的火更旺一些更红一些。或者提了炭桶,到炭房里用锤子将大炭砸小,将小炭提回房里。寒冬正月,家里没有活干,父母和我就坐在炕上，说些村子和邻近村子里发生的事情。这些年年轻人大都外出打工去了，西去新疆，北上银川，南下福建，能安下心踏实干活的，日子都有了变化，也有出去不走正道的，消息很快就传回来，自然成了话题。

坐在老家的热炕上，感觉村子里很安静。有时候，会有一阵小小的喧闹隐约传来，那是一帮十岁左右的孩子在离我家不远的麦场上打篮球，能想象出那种热气腾腾的样子。可我就想这样安静地和父母坐在一盘土炕上，融入这种安详之中，将双腿展展地伸开，整天缠绕在脑海里的那些消息、通讯、特写、言论暂时不去想了，城市的灯火扑朔迷离，让人绷紧了弦，那些喧嚣而浮躁的声音被隔在了黄土墙的外面，生活一下子变得简单随意，恢复了生活的原汁原味，心灵也从城市的楼梯回到了乡下的黄土里，纯朴了许多。

就那样坐着，父子相对，大部分时间却是默默无言。我有时会用手机给父亲拍照，父亲懂这个，一看手机对准了他，很配合，整整被子，整整衣领，捋捋胡子。我拍的时候他不笑，挺严肃的样子，看手机里的照片时，父亲就笑笑的，说这张不好，这张好着呢，不好的消(删)了，我很认真地将父亲认为好的保存在手机里了。

为赋新词强说愁。我喜欢写一点文字，在城里的高楼上，常常感觉意象模糊，思绪枯竭，文字苍白，面对着一沓稿纸发呆，这样的时候，我渴望回到老家走一走，看看老家的麦场，看看圈里的牛，听听打篮球的那些孩子们响亮的笑声，在老家的热炕上捂一捂，头脑似乎也就活泛了，一些生活的情节也具体而鲜活了起来，又有了继续写些文字的信心。

这些年，乡村游越来越让人心动，这种趋势的背后让人想到了当代城市人疲惫的心灵。人们去乡村，是在寻找失去的老家，人们需要片刻的时间，让心灵休息，让心灵静静地停泊在老家宁静温暖的港湾。

# 1984，我的高考

现在想起来，我的高考似乎是一场游戏和一次骑车旅行。

当年西吉的乡下中学，我是第一届初三学生，又是最后一届高二学生，没有上过高三，很快参加了高考，似乎没有经历高考前的那种紧张、煎熬和焦虑，一切在不经意间跨过了人生重要的一步。

高二的第一学期，我和兴隆中学高二(2)班的几个年龄相仿的同学还正起劲地玩耍。每天晚自习开始后，我们几个每人手里捧一本书，到校外的田野间去“朗读”。沿着田间的土路，我们到了一块洋芋地边，将书放在田埂上，分为两组，隔着很大很大的一块洋芋地，开始了战斗。躲在洋芋地两头的地埂下，不断地将土块向对方的阵地掷去，不时听到有人“中弹”后的叫声。直到夜幕完全降临，我们才撤出“战场”，直奔宿舍，洗过手脸，左手端一碗凉水，右手拿一块从学校灶上打来的杂面馍馍。填饱了肚子，躺下休息一会。那时校园里有一股武术热，到月亮出来，有人还要到操场上去练功，就是用砖拍打前胸后背，嘴里“呀呀嗨嗨”地喊着，高二的第一学期就这样下来了。第二学期，班级里那些年龄和个头稍大的同学开始挑灯夜战了。我们年龄小些的，奔腾着“战斗”这个字眼的心逐渐冷却下来，我们说不能再玩了。于是，下了晚自习后，也凑在那些灯的周围，记一些公式、定理，用笔在纸上狠狠地写下一些英语单词、句子。现在有个词叫“作秀”，回想起来，我们几个那时凑在夜晚的煤油灯下，是有一些作秀的成分。我们似乎是做给班主任马老师看的，因为马老师家就在镇上，晚自习过后，还在校园里转悠，有时会在教室里的某一处黑暗中静静地站那么一会，看见谁了，第二天会对你笑一笑，马老师那种慈祥的笑，让人觉着快高考了，不那样在煤油灯下坐一坐就对不起马老师。终于，我们还是那样坚持坐下来了，这样，第二天起床时，每个人的鼻孔都黑着。

父亲对我的高考极重视的，他把这种事情当作我的一个节日来准备。给我理了发，让母亲洗净了我要上考场的衣服，还让我到庄里清真寺的水房里洗了澡，高考经费给了十五元钱，坐车吃饭住店。我说不花坐车的钱了，我们几个商量好骑自行车上县城去高考。父亲一笑，嘻，能蹬动吗？我说，咋不能呢。

1984 年 7 月，高考前夕，我和几名同学骑自行车，从兴隆镇出发了。从兴隆镇到西吉县城约 35 公里，是上坡路，但大家都很兴奋，因为是第一次去县城。早 6 时，我们上路了，腿上仿佛有使不完的劲，自行车轮唰唰直响，沿公路一路北上，感觉如同骑在战马上的飞虎队战士。斜挎在自行车后座的黄挎包里，有书、白面馍，还有一壶水、几根葱。到将台后，又会合了几个同学，一路笑语喧哗。下午 2 点钟，我们到了县城。先去考点西吉一中看了考场。然后就去馆子里吃烩面，两毛钱一大碗，汤油汪汪的，白面片、葱花、香菜，几小块牛肉，应该是我这一生中最香的一碗烩面了。吃完了面，每人又要了一碗汤，将挎包里的馍馍掰碎泡了进去，又这样吃了一碗，真舒服啊。一种幸福感就这样从嘴里、胃里传递到了大脑里。

饭后，我们骑自行车找到了电影院，每个人将电影院外张贴的海报逐张阅读了一遍，之后，坐在电影院的水泥台阶上准备喝水。水泥台阶很干净，被 7 月正午的太阳晒得热烘烘的，又干净又暖和。"这不是理想的下榻之处吗？并且还不用花一分钱。"一位同学的提议很快获得了一致通过。

那时，我们中的很多人还没有睡过床，所以，当晚电影散场后，我们枕着课本，和衣躺在高高低低的水泥台阶上时，有了睡在床上的感觉，并且那时，村上人家里很少有床，只有学校老师和乡政府的干部们睡在木架床上。睡床和睡炕是有很大区别的。睡床，就是向幸福生活走近了一步。但这种幸福只维持了两个小时，零点以后，那些热量迅速散去，水泥台阶变的冰凉冰凉，令人无法安眠。于是，大家决定还是去住店。推车走过夜晚的大街，从一处露着灯光的店铺里打听到了旅社，大约就在西吉一中对面的一处土坡上，那晚还是睡在了炕上。

那年 7 月 7 日一大早，我们就起来了，是否吃了早餐已记不清楚。印象最深的是，第一场考试开考前，全体考生集合在操场上，县教育科的一位副科长讲话时，前一天还艳阳高照的天空，在这个早晨黑云密布，瞬间大雨滂沱。讲话立即结束了，考生们在雨中向考场奔去。

高考结束了，父亲给的十五元钱，花掉了十元，剩下五元，我买了一件白衬衫。这一年 8 月底，我被录取到了固原师专民族预科班。

# 默立在风中

在一段时间里，我常常会有一种执着的习惯。

比如1998年年底的那一段时间，我会选择一个天还没有完全亮透的清晨，或一个天还没有完全黑透的傍晚，站在体育场或站在一条街道上，让清冽的风漫过我的额头。有时我干脆就站在我家的后阳台上，把头伸出窗外，让风轻吹(因为没有大风)。我倒希望来一场大风，掀乱我的黑发，可没有，常常没有。满天的星星，通红的太阳，嘈杂的声音……我强烈地感受着心灵的干旱。

我站在风中，我希望一缕一缕的凉风从西伯利亚一带刮过来，让天空阴沉起来，然后，大片大片洁白的雪花自天而降，纷纷飘洒到塞北的土地上，覆盖黄土高原。

我站在风中，我看见地球上无数的生物在活动，他们出出进进，忙忙碌碌，真与假、善与恶、美与丑、崇高与卑鄙……我只想在心中高喊一声，善良的人们啊，让我们每人掬一捧清亮的雨水，敬献给我们脚下的黄土。

我站在风中，很多很多的念头在脑海中跳跃冲突。我想独自走进一条沟道，我想登上一座高山，我想眯起双眼，躺在一面山坡上，我想坐在麦田的田埂上，我想让母亲为我整整衣领，我想为一位老人舍散，我想写一段纯净的文字，我想在一个宁静的中午走进一个村庄，我想在一天早晨醒来看见大地一片雪白……

# 闲话世界杯

前几日,正上高一的儿子晚饭前一直对我讨好地笑,这可不是他的风格,他一个阶段对我一直是横眉冷对来着,因我不让他多玩电脑游戏。现在如此笑着的背后是?饭后终于明白了,他是要足球鞋、运动短裤,运动上衣是早已有了的,可以不予考虑。参考其这个时期学习倒还用功,没给我惹什么麻烦的表现,其要求得到了满足。昨天,他穿着那身行头在我面前招摇,还做了一个起脚射门的动作,说,这要有一个足球就配套了。我笑,儿子,本月财政紧张,下月通盘考虑,如成绩稳步上升的话,老爸会慷慨解囊的。

也是,2006 年夏天,那个以认真坚忍著称的国度正在张罗着一场足球盛宴,经过筛选胜出的 32 支国家队都去了。他们可不是奔着一杯啤酒去的,他们在带球奔跑,凌空抽射,禁区截击,中场抢夺。有些球星的名字我倒是记得,罗纳尔迪尼奥、阿德里亚诺、罗纳尔多、贝克汉姆、内德维德、奥维马斯,英雄们很多,那是一个制造英雄的地方。一个个横空出世的英雄为我们演绎日渐稀缺的激情,延续着我们的梦想。但如果没有场内场外的那些球迷,那些英雄们肯定是很寂寞的。那些装扮奇异的足球的狂热追随者,一个个特立独行,活力四射,在看台上涌起奔腾的人浪,倾情挥洒着自己的爱与恨。有人在击鼓,有人在欢呼,有人掩面而泣,有人在怒吼,真如生活的一幕啊。

德国离我们固原比较远,吃住肯定也贵,去了不一定占上个好座位,家里也很忙的,就没有去。电视信号这么清晰,有直播、重播、回放、射门集锦,赛事还可从多个角度欣赏。去现场不就是图个气氛吗?家里气氛也不错,妻子守着台小电视,只管去看她的肥皂剧,大的就归我和两个儿子了。世界杯开战前,我们就已开始预热了,下午放学后,儿子在厨房找吃的,我不断给报幕,看马拉多纳的连过五人,看贝利的成名进球,啊哟,超远距离的射门。两个儿子乐呵呵地同时跑来,结果不是,理解地笑笑,但也就理直气壮地坐在电视机前了,世界杯嘛,哪能不动心的?

足球勇士们在奋力奔跑,我在山城固原,深夜中的绿茵烽火,让我的激情再次燃烧,让我的双眼一次次炯炯发亮。

# 城市中的一条巷子

这座小城里，我在一处居住，在另一处上班。

每天都要经过一条巷子。

掐指算来，在这条巷子走来走去约有十年了。十年里，原来健步如飞的我脚步明显慢了下来，原来比较苗条的妻子已经比较丰满了，原来用自行车捎着去学前班报到的大儿子已经念到了初二，原来满地打滚的小儿子如今已用日记记录我们每天的生活。哈哈，就是这样，一条巷子和我们的日月紧紧连在了一起，让我们走过人生四季，晨钟暮鼓，春雨冬雪，花谢花开。想起来，人生大约就是这样，不断地走在一条路上，或叫走在一条巷子里，从今天走向明天，从春天走到秋天。

上小学的时候，家里通往村小学的那条路，我走了五年，这条路朝北；升到初中，家里通往乡中学的那条路，我走了三年，这条路朝南；上高中，又骑着自行车去镇上的中学，这条路又是朝北。终于，我走到固原来了，先是上学，走进了一条巷子，后来工作，又走在另一条巷子中。一年四季，日子绵绵不绝，有时从容走过，有时疾步而行，有时落荒而逃，因为，巷子的天空，有时是阳光，有时是狂风，有时就是暴雨了。让人感到一丝幸福一种惬意的时候，是下了夜班走在巷子里，劳动后的充实和疲惫交织心间，月光温柔清朗地照着这条巷子，黄色的月光，让人想起了古人的诗歌。不远处，城市的大街上灯火闪烁，车流滚滚，但巷子里还是比较幽静，就将脚步慢下来，让脚步在落满月光的小巷里轻轻走过。

一条巷子就是一段岁月，镌刻着我们为生活奔波的脚步；一条巷子就是一艘小船，载我们横渡人生。

# 走了一次海南

海南是个岛。这是句废话，但我仍然想说。岛的四周就是海。我们这里的人，难得有机会看一回海，上一回岛，所以我要强调这个。

海南北部与广东之间隔着琼州海峡，其余大部分被南海环绕着，在地图上看海南，四周有很大的一片蓝，海南岛上有椰树，椰树上长着椰子，头戴斗笠的黎族妇女在椰树下款款而行。水牛在水田里悠然地行走，身后拖着我叫不出名字的劳动工具。赶着牛的农夫肤色黑黑的，在牛的后面默默地走。田野里绿色葱茏。冲着这种田园景色，我决定去了一次海南，有了海南之行的几个片段。

## 飞机上吃到清真餐

2009 年 2 月 16 日中午，从银川飞往成都的飞机上。午饭时间，乘务员开始分发盒饭。以前坐过一次飞机，从西安到昆明，飞机上提供的都是非清真食品，只有饮料可饮用。所以她到我面前的时候，我示意不要。乘务员以为我不吃盒饭，就给了我一包饼干，我接过一看，透明的包装里除了饼干还有小西红柿、榨菜，而且还有鲜明的“清真”标志，包装袋上印有“宁夏航空服务”的字样，我有点惊喜。在和其他乘客一样享用着午餐的同时，我旁边的旅客向我介绍盒饭是牛肉米饭，这也是“宁夏航空服务”提供的清真食品，还找到“清真”标志让我看，随即他帮我向乘务员要了一份盒饭。这样，我除有一份饼干外，又有了一份盒饭。

这是我第一次在飞机上吃午餐。当然，还喝了咖啡，很惬意的空中旅程。

## 海　口

晚上9时许抵达海口。我们宁夏新闻界考察团一行是晚7时从成都转机的。当天成都是零上九度，海口听说是零上二十三度。一出机场，额头上不断有汗渗出，身上穿着从固原出发时穿的毛衣线裤之类，现在这些衣物绑在身上，成了一种负担，是它们使我不断出汗。

导游介绍着海口的夜景。高楼上灯光闪烁，色彩变换。穿城而过的南渡江在街灯下看上去黑沉沉的。我想看的应该是什么呢？对了，是椰树。我很快看见了，苗条的秀美的椰树，一棵离一棵不太远，就在城市的大街一侧，耀眼的绿色告诉人们这就是海口，这就是地处亚热带的海口。椰树上是还没有成熟的小圆球一样的椰子，绿色的青涩的椰子。

这个季节，固原还是雪花飘飘的时候。

到了宾馆，我首先做的就是将毛衣线裤脱掉，将长袖衬衫脱掉，换上了短袖。

## 亚龙湾

在接近三亚的地方，有处海滩叫亚龙湾。那天阳光明媚，亚龙湾游人很多。沙滩上沙子很细，完全可以在这里打沙滩排球。碧蓝的海水无声地冲击着金色的沙滩。我曾去过山东烟台,站在渤海边端详渤海与黄海之间那道一面是蓝色一面是黄色的分水岭。仔细端详。大海就是辽阔,我却没有赤脚沾沾海水,当时心中颇为复杂。这次在去这个叫亚龙湾的海滩之前,我特意买了拖鞋,穿着在海滩上走了一会儿后,脱掉鞋赤脚走,直至站在海水中,让蓝色的海水轻柔地漫过我这双踩着黄土的脚。我与大海的第一次零距离接触。

## 南 山

海南真正的景色在三亚,三亚著名的景点有两处,一处就是南山。南山是佛教文化为主题的旅游区,这里香客云集,香烟缭绕,同时阳光、碧海、沙滩、鲜花、绿树在这里交相辉映,微风习习,林荫小道,让人进入一派回归自然、天人合一的境地。

南山有金玉观世音像。据介绍,这是海南的镇岛之宝。资料介绍,金玉观世音像高 3.8 米,耗用黄金 100 多公斤,钻石 120 多克拉,数千粒红蓝宝石、祖母绿、珊瑚、松石、珍珠及 100 多公斤翠玉等奇珍异宝。观音金身由 200 多片平均壁厚 1.2 毫米的金片经过手工锻打成型,再焊接为一体,并采用中国传统的宫廷手工技艺精心完成。1999 年,经上海大世界吉尼斯总部审核确认,“金玉观世音”为“世界最大的金玉佛像”。

金玉观世音供奉在金碧辉煌的“得大自在观音阁”内,这里离景区正门不远,要进入阁内观瞻,需另购票进入。这里,被等待上香的香客们挤得密不透风。我站在一侧端详了好长时间,然后去看了南山“心经长廊”。石刻心经是南山奇观之一,经文的字体为王羲之的墨宝,由唐代怀仁和尚耗十年心血收集而成。

悄悄地从幽静的心经长廊走过,内心却被深深震撼。

南山的另一大看点是 108 米高的海上观音，观音一体三面，分别面向三亚市区、南山、南海，寓意和平、智慧、慈悲。观音脚踩莲花宝座，仿佛踏海而来，造型极为大气生动。

南山，是中国最南端的山。南山很美。

## 天涯海角

断肠人在天涯。浪迹天涯。

这些哀婉伤感的诗句，如今被改造成了 “美丽三亚，浪漫天涯” 之旅。到海南就一定要游三亚，游三亚必须到天涯海角。这里是三亚的又一处著名景点。

到天涯海角，前面就是茫茫大海，海水哗哗地拍打着巨大的礁石。俊男靓女们在爱情广场上互诉衷肠。我在爱情广场上给妻子发了一则短信，就被这里的阳光灼伤。遮阳伞带了，忘在旅行包里，防晒霜带了，忘记涂抹，拖鞋买了，来不及换。到了天涯海角，我们显得有些迫不及待，去看海的浩渺，去听海水的喧哗，去站在 “南天一柱石” 的下面，做个姿势，让同事拍照，心中充满了感慨，心中说我来了，我在天涯海角，我在南海的海岸上，我依偎着 “南天一柱石”，我拥抱着 “天涯石”（平安石），我攀上了 “海角石”（幸运石），我在这里遥望故乡。

水天茫茫，心情却很平静，平静的心中开阔了许多。

从固原来到这里，的确很不容易。

# 关于西安的一条巷子

我又去了一次西安。夜半时分，从固原火车站登上银川发往西安的列车，找到卧铺，躺下，在车轮有节奏的咣当声中，一觉醒来，十三朝古都又以其沉稳厚重的形象进入了我的视线。

我对西安，心里有一种亲近感，总想走近。固原人到西安，语言接近，容易交流。西安的根基深，有很多历史典故，一不小心，你会触摸到中国历史的一些片断。西安的小吃多，花钱不多，就能一饱大西北饮食文化的口福。前两次去西安，都是中转，时间有限，只能在火车站附近溜一下，只看到火车站广场上聚集了无数的旅客和农民工，只看到长而高的公交车、深棕色的出租车、各式各样的小轿车在这座历史悠久的古城的大街上流动。人海、车流、隐约的王者之气，这是我对西安的最初印象。

这次到西安，我有了一天的时间，在一位袁姓老人的引领下，我身背旅行包，像一名游客一样走进了西安的一条巷子。

那是鼓楼附近一处叫“回坊风情一条街”的地方，是条步行街，没有车流，有的只是人海。我们从那装饰考究的店铺门前一一走过，眼前是摞得高高的馕、烤饼，是颜色黄亮的馓子、麻花，是正宗羊肉泡馍的绿色招牌，盛着羊杂的大锅里冒出香气。有许多小吃我没有见过，自然说不上名字，就看脚下，街道上的砖块都显得油汪汪的。各种民族用品以白、黑、绿的主色调营造出这条巷子浓郁的伊斯兰风情。一家店面的伙计在用梨、葡萄干、哈密瓜等制作一种食物，一些身形高大的外国人等着品尝。我只是远远地看了一眼，继续走路。我已闻到了生活那种沁人心脾的气息，这让我的心里同样甜美滋润。在街的拐角，一位戴白帽的中年男人将卖柿糕的小推车停在一边，埋下头来专心致志地吃着一大碗酸汤水饺，神态仿佛在自己家里一样。那是羊肉水饺。带路的西安老人说。我看着、听着，突然感到一种平淡的幸福从心中升腾起来，感到这个物质丰富的时代带给我们这些普通人的一种幸福。经营着自己的一份小职业或者一个小买卖，结结实实地捧一大碗酸汤羊肉水饺，看着阳光在树叶上晃来晃去，听着人世间的喧响。生活似乎就是这样，从锅碗和炊烟中感到了安稳和从容。

在这条小巷的一侧，我无意间发现了一块“老古家泡馍馆”的牌子，一时间有些兴奋，似乎寻根来了，但仔细审视，却看到那牌匾已陈旧了，店门也是关着的，大概早已倒闭了。但这个发现，让我对西安多了一份温情。就如秋日的阳光那刻正温暖地照耀在西安的这条千年老街，照在来自小城固原的一个游人身上。

有一个“咥”字，是“吃”的古老说法，据说秦时把“吃”就叫“咥”。小时候老家的大人们常说，咥饱了吗？好好咥！起初有些发笑，觉得这话有些粗。因为在我们那个地方，不仅仅把“吃”叫“咥”，干其他的一些事情也叫“咥”，这个字用途广泛。后来上学了，字典里查到“咥”，的确是“咬，吃”的意思，没有其他含义，看来老家人是把这个字的含义扩大了。后来在固原师专中文系读书，古汉语教授讲了，“咥”就是古人在说“吃”，这个字是有来历的，这个字在几千年的历史演进中没有消亡，足见“吃”在人类生活中无与伦比的重要位置了。在西安的化觉巷，在桥梓口附近，在众多卖清真食品的木头招牌上，我看到这个“咥”字，醒目地站在一行行广告词里，张着大嘴，憨态可掬。招牌下方，干净的案板上，是惹人嘴馋的腊牛肉、土鸡、脆皮鸭、羊蹄子、鸡爪子，你“咥”哪一个？

在街道的尽头，我们买了一袋小麻花。这袋小麻花伴我周游了山东半岛，在从江苏连云港市返回宝鸡的火车上“腾面袋子”似的，让我吃得没剩下一点渣渣。路上十天，那袋小麻花没有任何异味，一直是那样脆、酥、甜。

离开西安将要东去山东烟台市，那位伴我行走的老人请我们在这条小巷的一家老店吃灌汤包子，喝八宝粥，那种特别的口感连同老人的热情一同留在了我的记忆里。

可是，关于西安，我仅仅是走了一条巷子，我只是一个匆匆过客，眼睛轻轻掠过那些年代久远而又充满现代气息的建筑而已，那里有许多景致，那里有许多故事，是永远无法用文字表述的。只能期待着下一次再去西安，走进西安的一条巷子，用心去感受。

# 我们坐在牛街

去看看牛街这个愿望，从想法到实现，历经了十六年。

1992 年，我在宁夏西吉县的一所乡镇中学当语文教师，这年 9 月被县教育局选调到北京景山学校培训学习。全县当时只选了 5 名教师，真是有幸。那是我第一次出远门，小心翼翼地跟在老教师后面，坐班车，坐火车，兴奋着又担心着，唯恐跟得不紧，被他们甩下了。去的那是北京，是我们国家的首都，一个乡下教师能有几次机会去北京呢？

到了北京，心情激动地游览了在电视上经常看见的天安门广场，就去了景山学校。学校很热情，提供了住宿，虽然是上下铺，感觉却有回到大学时代一样的浪漫。吃饭就有些问题了，学校没有清真灶，同去的 5 名老师中，我和一位年轻的马老师都是回民。学校领导说，宁夏来的肯定有回族，我们早就考虑好了，给你们临时安排了小灶房，但做饭只能麻烦你们自己动手了。虽然仅会蒸米饭，炒洋芋丝，我们已经非常感谢学校对我们的照顾了。于是，上午听课，中午在我们宿舍的外间做饭。两个回族教师，一个淘米蒸饭，一个切洋芋切萝卜炒菜。锅碗瓢盆，叮叮当当，炊烟袅袅，在北京的一处天地也有了我们的节奏。

蒸米饭，炒洋芋丝；炒洋芋丝，蒸米饭。一周后，我说，咱们啥时去牛街吃一回面去。马老师说，就是，哪一天去。

牛街是北京的回民街，天下人都知道。

宁夏的固原人喜欢吃面，我们自己知道。

开始打问去牛街的路线，热情的北京人就用北京话说，出门，到哪儿哪儿，坐几路车，在哪儿下，到街的对面，换几路车，再在哪儿下。这样听着，我想应该拿个小本子记下来，一路走一路对照，不然，北京那么大，我们走丢了怎么办？那时也没个手机。

就这样问了几次，蠢蠢欲动了几次，牛街仍然在我的想象中。倒是后来，学校一位副校长带着我们去登了长城，参观了十三陵，还有故宫、颐和园、天坛、地坛等，都去了。牛街终是没有去。

这样在北京一个月，我们结束学习回到固原后，我拿起地图，仔细寻找牛街，很快就找到了，宣武区，北京城的正南方位，广安门内大街附近。

后来，过了些年，我调到了报社工作，有条件上网了，就在网上搜索“北京牛街”，一遍遍阅读着这样的文字：牛街是北京市宣武区北起广安门内大街南至南横街的一条街道，牛街名字的由来有两种说法，一是说这片地界原是一片石榴园，称榴街。二是此处原为金代的柳堤，名柳河村，住户多为回民，做牛肉出了名的好吃，“牛”“榴”“柳”之谐音，后称“牛街”。牛街礼拜寺闻名于世，是北京规模最大、历史最久的寺院，始建于北宋至道二年（996年），明正统七年（1442年）重修，清康熙三十五年（1696年）大修，近年又有修缮装饰。网页上还特别介绍，牛街的建筑，不管是店铺还是礼拜寺，主色调都是穆斯林群众喜爱的绿色。

北京，牛街。这样的字眼在我这个西北回族人心中一直顽强地生长着。

2008年7月，机缘来了。我的大儿子被天津一所大学录取，9月中旬，我和妻子送孩子去报到，朋友帮忙买火车票的时候，我就对妻子小摆说起了 1992 年在北京没能去一次牛街的遗憾。

她说，这次一定去看看。

我紧握了一下拳头，一定去。

到了北京先去天安门、故宫，这似乎是惯例，之后去天津，将儿子安顿好以后，返回北京。奥运会刚结束，去北京的游客都兴致高昂地去看鸟巢、水立方。我们也去看，到不了近前，就远远站着看，拍了很多照片。第二天登长城，走上去走下来，整整一天。时间太快了，从长城下来，在德胜门下车的时候，已近黄昏。这个时候的北京大街上人潮涌动，我走着，算计着日程，返程的火车票是明天中午的，也就是说留给牛街的时间只有今天晚上了。登上长城的两位好汉，中午只在城墙边吃了麻花喝了矿泉水，这个时候，我渴望着找家清真面馆来碗酸汤面。牛街，难道与你又要擦肩而过。

去吗？

去！妻子坚定地说。

我手机上有摆宁昱发来的短信，明确指示着从德胜门去牛街的路线图，我走一段就要看一下。摆宁昱是我的外甥，北京交通大学学生。

在北京图书馆下车的时候，雨就开始下起来，车上下来的人纷纷撑起了伞。我们也撑起了，登长城的时候怕下雨，现在用上了。打着伞从天桥过去到对面换乘另一路车。在白石桥下车的时候，天渐渐黑了，雨越下越大，风也刮起来，将伞刮的一个劲斜过去，鞋和裤脚都湿湿的。而过来一辆车，上面人挤人，又过来一辆车，还是人挤人。风声、雨声、车辆碾过街上积水的哧哧声，一时间，我有些动摇了。

我对妻子说，不去了吧，咱们先回去吃饭，明天再说。妻子很沉稳地说，今天一定陪你去，不去回去你会后悔的。咱们到牛街去吃饭。她面带微笑看着我。一下子，我心中又暖暖的。这个雨夜，一定要去牛街。

在大街上的灯光亮起来的时候，我们挤上了一辆车。售票员不知在哪里，也没喊着买票，似乎这是对车内过于拥挤的一种歉意。雨水顺着车窗不断流淌，两边高楼上的灯光不断变换色彩，路边的车在一条灯光的河流里运动。由于下雨，我对方位的判断出现了问题，车其实是在向南开，我却感觉一直向北，向北。大约行驶了一个小时，从海淀区到宣武区，终于，礼拜寺站到了。

一脚踏在这条千年老街，这条安详美丽灯火辉煌的老街让我倍感亲切。妻子兴奋地东张西望。在北京这个国际大都市，我们在这里看见一个个西北穆斯林再熟悉不过的“清真”标志，一个个绿色的招牌如一个个微笑，让我们仿佛在自己的老家。“快看，清真美食城！”“哟，兰州牛肉拉面。”“那边，清真超市。”那历史悠久的清真寺呢，在夜幕中仔细聆听，从牛街的深处，仿佛有悠扬的诵经声隐约传来。

雨越来越小，终于停了下来。我和妻子收起伞，在人行道上跑起来，脚步轻轻的，像电影里的慢镜头一样，我在前面，她在后面。我的心中很愉快，有种幸福的感觉。这样的感觉很具体，直达内心。我们从西北小城来到北京，来送孩子上学，我们登上了世界人民都想登的长城，在这样一个夜晚，在北京古老而又现代的，具有鲜明伊斯兰风情的大街上轻快地奔跑，在岁月的这个片段中，我们似乎是向下一个希望奔跑。我们平凡的日子在呈现着国家繁荣进步的大道上显出了别样的意义，生活的美好让我们脚步轻快地在牛街奔跑。这是奥运激情还没熄灭的北京，热情、现代、和谐，气度不凡，真是个大地方。

后来,我和妻子面对面坐在一家清真餐馆的餐桌上,一人捧着一大碗热气腾腾的牛肉拉面,那种特别的香气滋润着我们的味觉。

我俩一口一口喝着我们胃里需要的那种放了香菜的面汤,喝好了,放下绿色的大碗,我们静静地看着对方。

牛街,牛街,我们是坐在牛街。

# 淡灰色的眼珠

背景是古老的胡杨林，那个有着淡灰色眼珠的维吾尔族姑娘头裹绿纱巾，深情而又忧郁地眺望远方……这是作家王蒙在伊犁系列小说集《淡灰色的眼珠》的封面。数年前，我在宁夏党校上学，在西夏区同心路市场的旧书摊上淘到这本书时，曾是那样欣喜。从此，就将这本小说集作为自己珍爱的书之一，时不时捧在手上，在家中的阳台上去读。

上世纪 60 年代中期至 70 年代中期，中国人民经历了一场浩劫。因为短篇小说《组织部来了个年轻人》，王蒙被下放到新疆伊犁地区劳动八年。这是一段奇特而又珍贵的生活经历，在一切重新有了秩序以后，王蒙以抒情的、写实的，同时又是幽默的笔调，从不同侧面反映了那一段生活。《淡灰色的眼珠》收录小说八篇，各自独立成篇，人物与故事却又互相参照，互为补充。我曾在《花城》文学期刊上读到过《虚掩的土屋小院》，当时就被那浓郁的边疆风情、善良风趣的维吾尔老人深深打动。觅到这本书，是我逛书摊的一个重大收获。在阳光炙热的正午，在闷热的夏夜，翻开来读，仿佛就有缕缕清凉的风掠过脑际，直入肺腑，享受到了一种惬意与宁静。那是艰苦岁月中一曲曲悠远的长歌，歌词是忧伤悲凉的，旋律却是深情激越的，带着无限憧憬。在那种特定的历史背景中，伊犁河畔的维吾尔等各族民众，互相宽慰，互相谅解， 以宽容、调侃的心态稀释生活的重负与心中的郁闷，互相鼓励着走在生活的路上。大门上只插着一块木片，毫不设防的土屋小院里生活着穆敏老爹、阿依木罕大娘，王蒙作为这个小院的一员，在这里生活了六年。他看到阿依木罕在一种叫二秋子的苹果树下，和邻居女人库汗就着干馕喝奶茶，从上午喝到下午，由于没买上肉，晚饭又是奶茶与馕；这还不算，晚饭后一个半小时，阿依木罕又烧了一小壶茶，加一点糖，就一点葡萄干或小馕，边喝边说话，与其说是一种物质需要，不如说是一种精神的享受。善良、重感情、聪明的穆罕默德·阿迈德，参加集体劳动时总拿着一把小号的砍土镘，对人却是慷慨大方。他请王蒙吃饭，做了一锅拉条子，面捞好以后，他推开院门，谁从家门口过他就叫谁来吃。最后，他自己只剩了小半碗，这时来了邻居家的小猫，他就从他的碗里捏出一半来，喂了猫。有手艺、爱打抱不平的马尔克木匠，用唱歌一样的声调说话的桑妮亚，还有好汉子伊斯麻尔，能吃苦，爱用脏话骂不干活的人，他以自己的精明强悍，在动荡的岁月里让全村人吃饱了肚子。那个有着淡灰色眼珠的爱弥拉姑娘，好客、单纯、欢快、认真，有着一双灵巧的手，也有一颗真诚的心，为了爱情，丢掉工作，离别地理位置优越的故乡，远嫁到了哈什河上游的天山公社。这就是伊犁河畔的人们，王蒙深深感慨，即使在那不幸的年代，伊犁边陲，新疆农村，底层的各族人民竟蕴含着那样多的善良、正义、智慧、才干和勇气，每个人心里竟燃着那样炽热的火焰。那些普通人竟是那样可爱、可亲、可敬，有时候也是可惊、可笑、可叹！即使在沉重的岁月，生活仍然是那样强大、丰富，充满希望和勃勃生机，他激情难抑地呼喊，到人民里面去，到广阔而坚实的地面上去。

那些朴实的人物和平凡的生活将我的内心一次次照亮，苦涩的日子里，压抑不住的歌声、笑声发自心底，在这样一个物质丰富的年代，享受现代文明而又心灵苍白的人们，表情僵硬脚步匆匆走过城市的大街，心的深处盛满了什么？

沙漠的那边，是一处绿洲，有许多清凉供疲惫的人们栖息。那些土墙小院里，那些枝叶茂密的果树下，那些坐毛驴车的老人心中，能否仍然找到那些传说中的情感，那些明净的滋养心灵的露水？

书中，一位热爱诗歌的维吾尔族农民，拿起都塔尔，这样述说心中的向往：

我也要去啊 我也要去云游四方
我要走很远很远的路
我要越过高山和大江
我愿能够归来 或许能回来
回到这个生我养我的地方
回到我亲爱的故乡

# 马知遥油画作品印象

马知遥先生是著名的回族作家，其长篇小说《亚瑟爷和他的家族》获第七届全国少数民族文学“骏马奖”，短篇小说《静静的月亮山》《幺叔》《开斋节》《黄米干饭》等描写回族生活，具有浓厚的乡土气息，分别入选《新时期少数民族作家作品选·回族卷》《回族当代文学典藏丛书》等文学选本，为读者所熟知。

许多如我一样的读者，只知道知遥先生是回族作家，是一位真诚坦率的文人，是一位敢于为文学大声疾呼的知识分子，是一位对于文学新人倾心扶持、不吝指教的长辈，却很少知道知遥先生还是油画家，有其独特鲜明的艺术追求，更是没有机会一睹其色彩斑斓的油画作品，感受他那绚丽的色彩变化。

2014 年 5 月，这样的机缘来了，在宁夏师范学院美术系主任虎西山先生的积极联系下，马知遥先生油画作品展在师院美术楼顺利展出。我终于有了近距离欣赏知遥先生油画的机会。

展出的 40 余幅油画作品中，我偏爱那些描摹河流、河滩、村庄、土地、穆斯林老人、繁茂的草木、正午的阳光、麦场、羊群一类的画作。这些作品一眼看上去，让我感受到一种蓬勃的生命的力量扑面而来，让人看到了画家那颗传播美好事物的心灵，他是如此喜欢那些象征着生命本来意义的事物，河流、土地、草木、劳动中的人，平凡质朴却又奔流不止生生不息的事物，人们愿意在这些事物面前驻足、默想、感怀。

我不大懂画，更不会作画，但我喜欢知遥先生的这些油画，有画家说“画面上布满了阳光”，“一个水塘，一片菜地，一条水沟，稍加经营，便有了一种意境”。我不能从理论的角度说得更专业一些，只能不揣冒昧，就几幅作品，写出一些个人的直观印象。如果不够准确，不甚贴切，甚至有违画家初衷的地方，只好请知遥先生贻笑大方了。

《起飞》：绚烂的阳光将湖水映照得霞光四射，湖中那稠密的芦苇密不透风，被阳光涂染得更加金光灿烂，令人心怀激荡。十数只白鹭似乎听到了一声召唤，纷纷振动双翅，响亮地鸣叫着，四五只箭一般射向了蓝天，五六只蓄足了力量，自那湖中向天空展翅起飞。

《没有风的上午》：明净的阳光从高大的白杨树后面照射过来，绿色的树影映入湖水，将清澈的湖水染成一池碧水。绿得让人心醉。红色的花朵在湖边热烈绽放，黄色的浮萍享受着炽热的阳光，而一行白鹭在湖水上优美地舞蹈，发出祥和动人的鸣叫。

《村外》：盛夏的正午，一位头搭红纱巾的少妇似乎刚从地里回来，正走向她那红瓦红砖的新居，高大的双排电线杆架设着银线通往山外。而在这位少妇的身后，两只壮美的白色滩羊肚儿吃得滚圆，一只用头抵住另一只的头，不是在打架，只是在调皮地玩耍。两只羊头抵住头玩会羊的把戏，又会跟着主人欢快地跑向家的方向。

《灵武东山沟》：这是一条粗犷的山沟，岩石裸露，植被稀少，只有几棵白杨生长着，努力挺拔着身姿。一条白色的河流，无声地却是有力地流过这片干旱的土地，曲折地在这条山沟中穿行，如同岁月中的跋涉。

《塬上》：西海固多见的山塬地貌，一处塬顶上，有一处深深的沟壑，但是，一条能跑汽车的白硬的山路从那看不见的沟里盘旋上来，经过了那让人惊心动魄的沟壑的一侧，向着塬顶伸展而来……山沟对面的塬上矗立着两座巨大的塔架，塔架下是散落的农家小院，麦场上可见黄色的麦垛，浅蓝的炊烟在塬上飘散。

《四月的河滩》：黄河在这里拐了个弯，贴着一带大山奔涌向前，一位筏子客，只给人们一个背影，只能看到他高高挽起的裤腿下露出结实的小腿肚，他肩膀上扛着鼓胀的羊皮筏子，沉着地走向那片白茫茫的大河。远处的大山脚下，一排柳树已绿成了一片，在厚实的红褐色的背景下，那一抹鲜嫩的绿色，让人心头忽地一热……

# 影响了我的几部文学作品

1

我的不大的书柜里，摆放着 20 世纪 80 年代的一些文学刊物。这些刊物是我的珍藏。在现在的每个周末，只要在家，我喜欢做的事情，就是将那些刊物一摞摞从书柜里搬出来，放在床上，然后一本本翻阅。这个刊物上有一篇小说，是我喜欢的，那个刊物上有一篇小说，也是我喜欢的，需要重新读一遍。这些需要重新读的刊物放在一边，暂时不需要读的刊物放在另一边。放在另一边的总是多些。这多些的仍旧放回书柜里，等到下一个周末，无书可读时，再行筛选。留下来的那些刊物，在整个白天，我就盘腿坐在床上去读。

阳光从窗外进来，将靠近窗户的地方照得温暖明亮。

2

“后来，过了些年。春天、夏天、秋天的雨和冬天的雪……那麦秸垛湿了又干，干了又湿，却依然挺拔。四季的太阳晒熟了四季的生命，麦秸垛晒着太阳，颜色失却着跳跃。”

这段文字，是现任中国作协主席铁凝女士的中篇小说《麦秸垛》的开头。这是我非常喜欢的小说，非常喜欢的语言。《麦秸垛》发表于《收获》1986 年第五期，被 1986 年第六期《中篇小说选刊》选载。我收藏的诸多刊物中，这本选刊更加珍惜。选刊同期选载小说 9 部，除《麦秸垛》外，还有王蒙先生的《名医梁有志传奇》、王安忆女士的《小鲍庄》（后面将要谈到）、孙健忠先生的《舍巴日》、朱晓平先生的《桑树坪纪事》等。

《麦秸垛》描写的对象是知青，割麦，中间休息时吃炸馃子、喝汤，女知青在一起打闹时，眼睛却瞄着男知青。女知青沈小凤喜欢男知青陆野明，陆野明却喜欢另一个女知青杨青。中间发生了很多故事。还有大芝娘，大芝娘就是大芝的娘。结婚三天后丈夫参军去了部队，后来在城里当了领导，娶了一个年轻的护士。听到消息后，大芝娘毅然去城里和还没办离婚手续的丈夫过了一夜，后来有了大芝。大芝娘之后就一手拉扯着大芝过活，一生没有再嫁，每晚抱着一个长长的枕头睡觉。又是后来，陆野明杨青沈小凤都回城了，却在为生计忙碌着奔波着，有时见面了，互相之间点头，招手，说几句话，说厂子里的规矩，福利发的是白糖还是茶叶，之后走开。谁也没有提起和谁好过，或者要和谁结婚的话，似乎还在等待着。城里人经历了近十年农村的生活，似乎经历了沧桑似的。

《麦秸垛》中的那些故事，连同生活场景，一遍遍地在我的脑海里回放。“一片片脊背亮在光天化日之下。男人女人的腰朝麦田深深弯下去。太阳味儿麦子味儿从麦垄里融融地升上来。镰刀嚓嚓地响着，麦子在身后倒下去。”多么富有镜头感的劳动场面，一句话就是一个情节，一句话就是一个特写镜头，扎实的跳跃的富有节奏的语言，给人阅读的愉悦与满足。这样的作品，我是愿意一遍一遍去读的。铁凝有一个短篇小说《哦，香雪》，单纯而诗意的细节，如清澈欢快的小溪，一直在我的心间流淌。现在，很少读到这样的小说了。

## 3

“鲍彦山家里的，在床上哼唧，要生了。队长家的大狗子跑到湖里把鲍彦山喊回来。鲍彦山两只胳膊背在身后，夹了一杆锄子，不慌不忙朝家里走。不碍事，这是第七胎了，好比老母鸡下个蛋，不碍事，他心想。早生三个月便好了，这一季口粮全有了，他又想。不过这是做不得主的事，再说是差三个月，又不是三天，三个钟点，没处懊恼的。他想开了。”

这便是上海作家王安忆女士的中篇小说《小鲍庄》第一节的开头。《小鲍庄》发表于《中国作家》1985 年第二期，与《麦秸垛》被《中篇小说选刊》同期选载。《小鲍庄》后来入选孟繁华先生主编的《1978—2008：中国优秀中篇小说》，这个选本还选有路遥的《人生》、张承志的《黑骏马》、莫言的《红高粱》、毕飞宇的《玉米》等十部中篇小说，成为选家眼中改革开放以来三十年中国最优秀的中篇小说。

我喜欢读《小鲍庄》，首先是那种语言氛围，平实又有张力，从容地呈现了生活。其次是细节丰富、生动，透着鲜活。再次呢，里面有个爱写个稿子，想成个作家的鲍仁文，老盼着报社的记者来采访，十分有趣。其他，也说不出什么来了。后来读到孟繁华先生的评价文章，才有了一些较深的理解。《小鲍庄》是一个“仁义”之村，长幼尊卑秩序井然，乡村中国的超稳定结构在这里最有权威的印证，一切都彰显着文化的“不变”。但是，《小鲍庄》的“仁义”背后，还是隐藏着致命的文化秘密。捞渣从降生到死亡，小翠子被压抑的天性，拾来与二婶“伤风败俗”的结合，全村人甚至孩子对“外姓人”的欺凌，鲍秉德老婆因多次产下死婴而招致丈夫毒打，甚至被乡村舆论逼疯。“仁义”村的不仁不义和虚伪的道德就发生在日常生活中。黑色幽默和悲凉的荒诞在一个人的死亡和“仁义”的背景下不动声色地展开。哦,明白了许多。我说不了这么好这么深刻,只是百读不厌,就像听喜欢的一个人说话似的,有时不知对方说的什么,但那心里是甜蜜滋润的。

## 4

“夜黑黑的,伸手不见五指。王一生已经睡死。我却还似乎耳边人声嚷动,眼前火把通明,山民们铁了脸,捎着柴火在林中走,咿咿呀呀地唱。我笑起来,想:不做俗人,哪儿会知道这般乐趣?家破人亡,平了头每日荷锄,却自有真人生在里面,识到了,即是幸,即是福。衣食是本,自有人类,就是每日在忙这个。可囿在其中,终于还不太像人。倦意渐渐上来,就拥了幕布,沉沉睡去。”

这是阿城的中篇小说《棋王》的最后一段。这部小说发表于《上海文学》1984 年第七期。每次读来,我的神情是:微笑,感叹,佩服得摇头。这个阿城是钟阿城,著名电影评论家钟惦棐先生的儿子。阿城除《棋王》外,还有《孩子王》等传诵一时的佳作。文坛上,还有一个阿成,是写了《赵一曼女士》获得首届鲁迅文学奖的那个阿成。

“棋王”就是王一生,王一生就是“棋王”,也是一个知青。在那个特殊的年月里,亲人们都已死去,自愿报名去乡下插队。平常日子里似乎总吃不饱,饿得精瘦,但一摆起棋盘,立时就两眼放光。何以解忧,唯有象棋。

王一生与众知青不一样,棋下得好,不是一般地好,他能耐之一是会下盲棋。盲棋不是摸着黑下,更不是闭着眼下,而是不用棋盘,双方口述棋步,看谁能将棋说得一步不乱,看谁先记不住棋的布局。王一生赢了。王一生更大的能耐是参加地区的比赛时,一人与九人对弈,不动声色,对手却一一败走。山民们打着火把观战,那阵势真是一场民间的盛宴。故事的高潮，是王一生与一位神秘的老者对局。老者精光头皮，声若洪钟，颇有侠士风度。他不与王一生对面厮杀，却使人传棋。“王一生孤身一人坐在大屋子中央，瞪眼看着我们，双手支在膝上，铁铸一个细树桩，似无所见，似无所闻。高高的一盏电灯，暗暗地照在他的脸上，眼睛深陷进去，黑黑的似俯视大千世界，茫茫宇宙。那生命像聚在一头乱发中，久久不散，又慢慢弥散开来，灼得人脸热。众人都呆了，却不说话。外面传了半天，眼前却是一个瘦小黑魂，静静地坐着，众人都不禁吸了一口凉气。后来呢，后来是老者提出“和棋”，王一生愿意和了的。战罢，竟站立不起，被两人抬起来的。很晚了，山民们仍不愿离去，层层围了，火把一圈儿照着，争睹棋王风采，一个劲叹息。

评论家说，阿城的《棋王》通过知青际遇，展示国家命运，写“上山下乡”成为背景，叹文化中止才是正题。然也。

## 5

上河里（那个）鸭子下河里鹅，

一对对（那个）毛眼眼望哥哥……

上世纪 80 年代，电影《人生》里这一句信天游，意境生动，情深意长，那么一声，余音在耳，使人陶醉。文艺青年们的心被唱得扑腾扑腾的。

《人生》是陕西作家路遥的中篇小说，发表于《收获》1982 年第三期，获 1981~1982 年全国优秀中篇小说奖，1984 年由西安电影制片厂吴天明导演拍摄为同名电影，成为中国当代文学的经典之作。小说以改革开放初期的陕北黄土高原为背景，描述高中毕业生高加林回到农村又离开农村，进入城市又离开城市，再度回到乡村回到土地的过程。农村青年对现代文明的向往，爱的选择与背叛，是对土地还是城市的精神归属问题构筑起了小说文本的高度。

现在距离《人生》面世已过去32年,我仍然愿意在这篇短文中复述小说的梗概。

高加林高中毕业回到农村当上了民办教师,但不长时间就被大队支书高明楼的儿子顶替,重新回到农村干起了农活。正当他失意无奈之时,善良美丽的农村姑娘刘巧珍闯进了他的生活。巧珍虽然没有文化,但她真诚地爱上了高加林这个“文化人”。巧珍的爱质朴纯真,让绝望中的高加林找到了精神上的慰藉。加林的二叔从部队转业当上了地区劳动局局长后,命运又一次垂青了他。毫无思想准备地就被人安排到县上参加了工作,并且是县广播站的通讯干事。进了城的高加林,遇到了高中时的女同学,现为广播站播音员的黄亚萍。与巧珍相比,黄亚萍是位现代女性,她开朗活泼,却又任性专横,对高加林的爱炽热大胆又有一种征服欲。高加林向往现代文明,渴望在城市里扎下根,过上一种高雅的生活。一边是巧珍一边是亚萍,他进入了一种艰难的选择之中。黄亚萍能给他的前程更多帮助,巧珍却又是那样天真善良温柔可爱。经过内心的挣扎后,他选择了黄亚萍。当他委婉地对巧珍说出了他的这种选择后,巧珍含泪接受了,高加林似乎春风得意但好梦难圆。因为和黄亚萍谈恋爱,激怒了黄亚萍前男友张克南的母亲,高加林通过关系参加工作的事被告发,他又回到了生他养他的那个小山村。

当高加林灰头土脸走在通往家乡的小路时,一直疼爱他和巧珍的德顺爷爷出现在了他的面前。德顺爷爷用枯瘦的手把四周大地山川指了一圈,说:“就是这山,这水,这土地,一代一代养活了我们。没有这土地,世界上就什么也不会有!只要咱们爱劳动,一切都还会好起来的。”

“巧珍,多好的娃娃!那心就像金子一样……金子一样啊……”德顺老汉泪水夺眶而出，顿时哽咽得说不下去了。

高加林一下子扑倒在德顺爷爷的脚下，两只手紧紧抓着两把黄土，沉痛地呻吟着，喊叫了一声：

我的亲人哪……

每次读到这里，心口那里呼地一热，眼窝那里随即一潮。这种直击胸腔的激情描写，让人感到小说的喷薄而出的力量，土地、亲人、爱情、命运、选择，还有深深的痛苦，纠结在一起，向你压迫过来，让你感到沉重，又让你感到切割般的痛快。就让高加林跪在黄土坡上，向“那心就像金子一样”的巧珍忏悔吧，让他品尝背叛爱情的苦果吧。人世间，多少人需要这样的忏悔。但是高加林应该不会就此沉沦，在沉痛地大叫了一声后，他会重新站起来，向着人生走出新的一步。因为，人类在生命的长途里从来都是从挫折中清醒过来，走向成熟，振奋前行的。人生中有许多岔路需要辨别才能找准方向，但曙光永远在前方，新的一天又会不期而至。这是我的理解，我的理解也许是肤浅的，但一直就这样理解着。如若不然，《人生》又隐含着什么样的秘密呢？

我们上大学的那个年代，上世纪 80 年代，正值《人生》电影热播，高加林、刘巧珍成了大学生中的热词，召开过一个又一个讨论会，年轻的学子为此激情飞扬。善良纯朴可爱的农村姑娘刘巧珍成了我们心中的女神，大学生们的宿舍床头张贴的是青年演员吴玉芳饰演巧珍的剧照。剧照上那一对毛毛眼，纯情地看着你，激起了许多和我一样从农村走出来的大学生的文学梦。

说来也巧，大学毕业后，我被分配到西吉县一所乡镇中学任语文教师，在《人生》电影那些歌曲的氛围里，喜欢上了我二姐的小姑子，一个爱读小说的纯朴的农村回族姑娘。如今，我们已经相伴走过了 25 年的人生路，一年又一年，春去春又回，我们也进城了，妻子也找了一份工作，在城市的天空下，彼此守望，共同承担家庭的重担，养育大了两个孩子，为生活梦想继续在永远的路上打拼。我还以妻子为原型，写了一个短篇小说《斋月和斋月以后的故事》，这个小说在我不多的几十篇小说中，先后被收入多种文学选本，获过宁夏文学艺术奖，得到了一些好评，成了我的代表作。人生，真的有很多的奥妙。

## 6

那些发黄陈旧的文学刊物伴随着我的岁月。在我心中，那些文学的经典之作，都是一颗颗宝石，在我们精神世界的星空熠熠闪烁，照耀着我们日渐荒芜的心灵。重温文学经典，就如同擦拭着一根根心灵的支撑不要锈蚀，让我在世俗的生活里，闲暇之日，能够心情平静地坐在床上当一个读者，或者，心里有话要说的时候，在稿纸上写下一些文字。

# 大学时代的写作

我的大学是在固原师专上的。固原师专是简称,全称固原师范高等专科学校。当时这所学校的学历是大学专科。但因是我们固原唯一的高等学府,在山区孩子的眼里,师专的吸引力是很强的,位置是很高的,在我们那几届学生的眼里,它就是一所大学。我们私下里经常将师专称为“六盘山大学”,这样,我们自然就是“大学生”了。现在,固原师专升本已数年,更名“宁夏师范学院”,是名副其实的大学了。作为这所学校出来的学生,很为母校高兴。

我先考取的是固原师专预科班,一年后转入中文系。因为中学时读了些文学书,一上预科班就戴上了眼镜,然后去学校图书馆借来了一大摞书,堆在床头,晚上躺下后,这个翻一翻,那个翻一翻,很快就睡着了。书都是好书,我读得却不细致,我似乎不在意整体的故事,只在寻找一些精彩的别致的句子。常常读得稀里糊涂,这个习惯不好。

固原师专有崇尚文学的风气。当年的校长丁文庆老师,中文系系主任慕岳老师,学报主编袁伯诚老师,还有当时中文系的张光全、钟正平老师,还有我没有列出名字的老师们,经常在区内外文学期刊上发表文学作品和评论文章,中文系的学生自是非常关注。记得丁文庆校长在当时的《固原报》副刊上发表了赠固原籍四川回族诗人木斧的一首诗,正巧有同学买了一份《固原报》,那首感情真挚饱满的诗歌被我们争相阅读。兴奋之余，有同学发现问题了，用手指着署名说，你们看，编辑粗心，将丁老师的名字漏掉了一个字。大家一看，可不，"丁文庆"成"丁文"了，大家似乎有一些惋惜。我知道这个，我说，这是丁老师的笔名，丁老师发表理论文章用本名，发表文学作品就用这个笔名，不是编辑粗心。说到笔名，大家都懂了。南矩容老师在国外的一家学报上发表了一篇著名的论文，寄送样刊的大信封上，名字后面写着"先生"二字。当时，我们班主任用崇敬的语气向大家介绍这一情况时，班上的同学们稚气的脸上都呈现出感叹的庄重的神色。这样的神色表达的信息就是，我们的老师在国外的刊物上发表论文了，人家还称他"先生"，国外的人都对我们的老师这样尊敬。要知道，老师讲授现代文学史时，才说鲁迅先生、巴金先生、老舍先生。母校就这样以一种高贵的文学和学术的氛围滋润着我们的心灵。

我们上大学的那个时代，上世纪 80 年代，路遥的《人生》发表了，又很快被拍成了电影。张贤亮的《绿化树》《男人的一半是女人》发表了，著名选刊《小说月报》几乎用整整一期选发了《男人的一半是女人》。我们班里一同学买来了那期《小说月报》，坐在教室里，读着那些让人心潮澎湃的句子，其余五六个同学坐在课桌上，大家听着，小声地笑着议论着。大家的心被文学的力量震撼着。为读《男人的一半是女人》，大家开始排队，肯定是买刊物的先读，然后谁，再然后谁。分配好了，临了又很郑重地说，说好了啊，不准再变，大家纷纷点头。

在这样的文学热浪里，学生中有谁在刊物上发表一篇小说、一组诗，就会引起不小的轰动。师专中文系 85 届的陈彭生（成蹊）在《新月》上发表了短篇小说《哦，那越来越绿的垂柳》，在自治区第四次文艺作品评奖中获奖了。我和同班的邵昭才就在一个大热天的午休时间，从我们住的二楼上到了三楼去拜访他，主要是认人，看他是个大个子还是个小个子，是个胖子还是个瘦子。结果瘦小的其貌不扬的陈彭生笑眯眯地接待了我们，谈的什么，记不清了。他同班的马存贤、兰茂林陆续在《朔方》《六盘山》等刊物上发表了颇有分量的小说，得到了老师们的肯定。后来，宁夏文联创作研究室和固原师专中文系、《六盘山》编辑部联合召开了一个小说研讨会，称他们和另外的一些固原本土作家为"黄土高原派"。也就是这个时候，后来以《清水里的刀子》获得鲁迅文学奖的石舒清进入了固原师专英语系读书。

正是在这样一种氛围的感染下，我的心中对文学的情结萌发了。先是订了一个厚厚的白纸本子，经常握在手中，总想着在那白纸上写些什么，想尽快把那个本子写完。经常又不知写什么，就显出了痛苦沉重的样子。好在学校作业不是很多，上午上课，下午可以踢足球，伙食也好，精神状态总能很快调整过来，断断续续能写些文字。预科班时就有了一篇习作《麦黄时节》，经时任北斗文学社《山城》主编马天堂（笔名唐天）之手登在了一期铅印的《山城》上（以前是手刻蜡版），这样，我在中文系一年级开学报到时，就有老师戏言，你人还没来，作品先到了。其实，那是一个很简单的故事。写一位大城市来的老师在乡村小学从教十多年，一个暑假去省城为学生采购活动器材，学生误认为老师调回城里，不愿在农村过艰苦生活了。正当学生和村里乡亲议论纷纷时，老师背着篮球出现在了村口。这篇被称作小说的东西文笔很稚嫩，却很快发表在了社刊《山城》上，这对我是一个不小的鼓励。师兄们小说中描述的西海固土地上的村庄、人物、语言给我不少的启发，我尝试着挖掘人物的内心，要表现生活中的"这一个"。在这种力量的驱使下，先是写新闻稿投给学校广播室，经编辑修改，就被校园著名播音员沈朝晖播了出来，吃午饭的同学如果细心听，能听到我的稿子。然后又写了一些小说、诗歌，投给区内的一些刊物，更是使劲给《固原报》投稿。当时,《固原报》副刊编辑是罗致平老师,我班上的一名同学是他的老乡。有一天中午,我去同学的宿舍串门,坐在上铺的同学说:“老罗说这期要发你的一首诗。”我的心怦然一动,我的文字终于要变成铅字了。这是 1986 年 5 月。我的脸上却很平静,只淡淡一笑。我很羡慕他把罗致平称老罗,我那时连罗致平的面都没见过。那时《固原报》逢周五出版,我就在那个周五的中午出去到汽车站报摊上买了一份当天的《固原报》,直接看第四版,果然有我的一篇东西,不是诗,是散文诗,约有三百字,写给守卫老山的战士的。后来,我收到了 2 元钱的稿费。仔细端详着那张写有“贰元”的绿色汇款单,我有些羞涩,想悄悄装在一个很深的口袋里,因为是课间,偏偏有一个同学看见了,过来看了一眼,他突然含义丰富地微微笑了,“两元”他轻轻说。他这样一说,我的头垂得更低了。

可这毕竟是值得高兴的事,两元也是稿费嘛,我写得更勤快了。晚自习时偷偷在教室写,下了晚自习趴在床上,埋头写下自我感觉深奥的句子。熄灯了,还要去操场上沿着跑道走一走,像个作家一样地去踱步,呵呵。

终于,当时在宁夏少数民族文学讲习所学习的马存贤兄给我来信了,说《新月》(现银川市文联刊物《黄河文学》)要发我的一个短篇小说,要我将自己的简历寄去。时任西吉县广播站编辑的火仲舫老师(后来任过固原市文联主席,著有长篇小说《花旦》等)在师专电大班学习,给我拿来了稿纸,鼓励我勤奋写作。这都是一种激励,一种期待。文学塑造人的心灵,写作的冲动却让一个散漫的人变得用功。一个盛夏的中午,同学们都在午休,我却坐在空荡荡的教室里写小说,一位在另一所学校上学的老乡敲开教室门走进来。他来约我回家,看我很忙的样子,就问我在干啥,我说,写作业。他脸上有了同情的模样,他说,中文系真苦,中午都不得休息。

他没有多坐，一个人回玉桥老家去了。我将这个东西投给了《朔方》。之前，我曾将写的一组诗投给了《朔方》，一直没有回音，我转而投出了一篇小说。大约一个月后，《六盘山》小说编辑陈彭生将电话打到中文系办公室，告诉我《朔方》的李春俊下来了，要见一下我。下午没课，我穿着一件运动衣就去了《六盘山》陈彭生的办公室。李春俊圆脸，很潇洒的一个人。他一边和陈彭生下棋一边说我那篇小说准备发，又问了我一些个人情况。我第一次见到《朔方》的编辑，心里一直在咚咚跳，不敢多停留，匆匆告辞了。那是我唯一见到李春俊的一次。那篇《我是女子》的小说在我毕业的那月在《朔方》上发了头条。李春俊老师后来又陆陆续续给我发了几篇小说，包括我的获奖小说《斋月和斋月以后的故事》。后来他去了南方，具体来说是深圳。近期，我在《回族文学》上见到了他的照片，胖多了，笑眯眯的样子。

告别了大学时代，我去了一个小镇当语文老师。之后结婚生子，生活的重担压在了肩头，又承担着不能误人子弟的责任，写作的时间越来越少，对文学投入的精力也是越来越不够，直到现在，生活的繁忙一日紧似一日，我的写作似乎失去了激情。

可我非常怀念我的大学时代，怀念大学时代的那种写作状态，那是我们西海固文学青年激情燃烧的岁月。

重温大学时代的写作，回忆那些人和事，我唯愿给自己喜爱的文学世界添加一把柴火，燃起一股激情，带着汗水的味道，让我的精神世界充满向上的力度。

# 文学星光照耀生活的道路

文学，多么美妙的一个字眼。

文学的道路上，又是那样地写满了艰辛与寂寞。

西吉的土地上，这些年来，走出了一批创作业绩不俗的作家诗人，郭文斌、火仲舫、火会亮、了一容、单永珍、马金莲……还有很多的人，与文学相伴，记录着、述说着、感叹着，为我们展示着西北一隅黄土地上人们的心灵情怀，回汉百姓的幸福与痛苦，欢笑与泪水，丰盈着我们的精神世界。我们选择了文字，也是选择了一条欢欣与痛苦交织着的道路。从这个意义上说，在我们的人生旅途上，有了文学星光的照耀，使得我们在艰难的生存中坚守着人类日渐稀缺的理想，使得我们在平凡的日子里有了花儿一般的芳香，使得我们在世俗的生活中内心努力变得宽阔。

西吉，西部吉祥之地，多少文人墨客为你动容。生于斯，28 岁时，我从葫芦河畔来到了清水河边，也只是从西吉来到了固原，此刻，回想走上文学道路的星星点点，我的记忆里却涌动着深情。

## 连环画

西吉玉桥乡下堡子村，我的老家，后来撤乡并镇，玉桥乡并入兴隆镇，现属于兴隆镇下堡子村。这里是葫芦河下游的川道地区，自然条件较好。少年时代，农村的孩子成长经历大致一样，割草拾柴，放牛放羊，我乐此不疲干着这些，体现了一个农家少年对生活的责任，至少是为父母分担了一些家庭的担子。放牧归来时常常背着一背篼青草，乏得要死，但在洗过手脸，吃了晚饭之后，有一件事情让我感受着愉悦，有着期盼。那就是打开父亲的一个木头箱子，将里面的连环画一本本拿出来，摆在炕头，又一本本翻阅。这些是彩色封面的连环画，有《铁道游击队》《林海雪原》《山乡巨变》，还有《闪闪的红星》《两个小八路》等，这些连环画向我打开了一扇扇神奇的窗口，让我的脑海里印上了牛羊柴草之外的一些画面，文学就以这种方式撞开了我的心灵。这里要说一说我的父亲。我的父亲叫古志兴，是个农民，没上过一天学，但他不知使用了什么办法，能写字，能看书，还会做木工活，曾担任过生产队会计，跟着玉桥的大阿訇学习经文，当过开学阿訇，后来年纪大了辞学回家。我至今没有同父亲探讨过他是如何掌握这些能力的，但从这些经历可以看出，父亲是一个喜爱书本善于学习的人，那些连环画就是他的收藏。

我非常喜欢翻看那些连环画，将那些连环画看得满面沧桑。我们的村子距离西吉县城约有 40 公里路，却距甘肃省静宁县城只有 15 公里，我们村子里的人跟集跟的就是静宁县的集。上小学时的暑假，我也常常骑着自行车去静宁跟集，目的只有一个，去买连环画。还有，我用家里的白馍向邻村的同学换连环画，用外祖父给的零钱向班里的同学买连环画，很快就将那个木箱装满了。这是我少年时期的全部财富。

1984 年 9 月，我去固原上学之前，将那一箱子连环画赠给了我弟弟古龙，他那时也是个连环画爱好者。后来，过了些年，那箱子连环画不知所终。

那是我最早的文学启蒙。

## 预科班

预科班全称是固原师专民族预科班，专门招收少数民族学生的。在固原师专当时有许多学生社团，其中之一是北斗文学社，社刊名叫《山城》。刚入校，文学社招收新人，我被吸纳了，还被委任为秘书长。

秘书长的工作其实就是通知各类活动，举办诗歌朗诵会，全校征文比赛，观看某部电影后写篇影评。刚入校的新生，对于这些事情总是充满了热情，对于未来也多了一份幻想。于是，从学校图书馆借来了一大摞书堆在床头，晚上睡觉前总要读那么几页，突然有一天，上课时看老师写在黑板上的字总是两行，去看医生，医生说，须配近视眼镜了。

戴上眼镜，狂热地写起了诗歌，那时认为，诗歌体裁自由，便于抒情，篇幅又短，又好操作，刊物上登着什么样的诗，就仿照着写，全凭一种感觉。还真有几首登在《山城》上了，更加雄心勃勃地给《朔方》《六盘山》这些文学刊物上投稿，几个月过去了，却连一首也没有登出来。心情就不爽了，逐渐沉重起来，写诗的激情在减退。文学让人苦恼了，让人尝到了失败的滋味。读书在继续，读书的乐趣，消弭了那些粗浅的诗歌未能发表的痛苦。这个时候，读到了路遥的中篇小说《人生》，陕北黄土地上，刘巧珍和高加林的故事将我深深震撼。由小说改编的同名电影，那首插曲《上河里鸭子下河里鹅》，更使我激情澎湃，有余音绕梁的感觉，似乎也悟出了文学的魅力在于独特，在于发现，在于真挚的情感，具有打动人心的力量。打动了自己，才能打动读者，流传久远的文学，必是深刻揭示了生活的真谛。以此认识为基础，后来我写作了一批以“桥镇”为背景表现回族生活的小说。

预科班结业前夕，北斗文学社通知秋季的《山城》要编发一期反映教师生活的专号，要求准备稿件。那个暑假，坐在老家的土炕上，我在作文本上写出了小说习作《麦黄时节》。父亲坐在一边看着，没有发表任何评论，只是乐呵呵的样子。将小说邮寄给《山城》编辑后，整个暑假，我在火辣辣的太阳下割麦、拉麦、碾场，直到地尽场光，秋天来了，我要去固原师专中文系学习了。

## 中文系

固原师专上世纪 80 年代有 8 个教授，其中 5 个就在中文系。我在中文系学习的 3 年间，系主任先后是慕岳先生、米正中先生，老师中有杨子仪先生、袁伯诚先生、南距容先生、国玉经先生，以及王学亮、张光全、钟正平先生等，可谓群星闪耀，阵容强大，老师们钻研学术，带头创作，使校园里学术研究与文学创作的风气浓厚。校长丁文庆先生在《人民文学》等国家级刊物发表过诗作，学生们很是仰慕，经过刻苦努力，中文系毕业的王漫曦、陈彭生、兰茂林、马存贤等逐渐成为了宁夏文坛小说创作的中坚力量，一大批乡土气息浓厚的中短篇小说引起了文坛的关注。我呢，那篇《麦黄时节》登在了社刊上，但极少有人谈起，我也不想再看第二遍了。文学的氛围正好，不时听见有校友在刊物上发表小说了，发表诗歌了，大家去阅览室找刊物，总是找不见。我也不着急一定要写个什么东西出来，也没有一个什么东西在脑海里翻腾着，逼迫着我非写出来不可，每天只是上课、吃饭、睡觉，还有，下午只要没课，我们就去足球场上疯跑，跑得汗洗全身。我小时候体质弱，三天两头感冒发烧，现在，经过这样的跑动，感觉身上有了力量，原来的细胳膊细腿一下子变得壮实了。再还有，晚自习时总在阅览室，读的是张贤亮、王蒙、铁凝、王安忆、阿城等人的小说，如《绿化树》《男人的一半是女人》《虚掩的土屋小院》《麦秸垛》《棉花垛》《小鲍庄》《棋王》《孩子王》等，这些不同寻常的文学佳构，让我沉浸其中，让我充分体味了阅读的乐趣。有时候想想，80 年代的大学生活，上课、踢球、读文学名著，多么浪漫，多么美好，就这样过去吧，写作是有丰富阅历与独特感悟的作家们的事，他们写出来，我阅读，我快乐，不也很好吗？

可是，有时候，我想写个什么了。中文系二年级的时候，北斗文学社举办了一次征文比赛，我用一个中午写了一篇小说《痴五》，征文评奖揭晓的时候，这篇小说获得了一等奖。现在看来，那篇小说只是写一个独自拉扯孩子的男人的生活际遇，苦涩的日子里有一丝对于明天的期盼。获奖的原因？自己感觉语言尚好。文友说可以在刊物上发一下，我就将小说拿上去找地区文联《六盘山》小说编辑陈彭生，陈认真看了，认为心理描写还不充分，谈了修改意见。我静静地听着，感觉心中有了底。《痴五》中的“痴五”是有原型的，我完全可以将他写得再扎实一些。于是，这天下午，我就坐在学校操场跑道旁的一块草地上，又在原稿上增添了千把字内容。1987 年 2 期《六盘山》发表了《痴五》，我没有怎么高兴起来。之前，银川市文联刊物《新月》1987 年 1 期发表了我的小说《雨夜》，一个刻意渲染的悲情故事，我也没有高兴起来。

时隔不久，我开始写一篇叫《窑庄》的小说时，这次将自己写高兴了。这篇小说写几乎与世隔绝的山民守着祖上传下来的几孔窑洞，守着一眼山泉，不愿也不想走出山门，走入外面的世界。一场百年未遇的山洪到来，几乎将这里摧毁，山民们才在这种自然力量的逼迫下，一个搀扶着一个，走出古老的山庄，走向新的生活。记得那晚班里在打扫卫生，教室里尘土飞扬，我坐在最后排的课桌上写小说，全然不顾，似乎顺着情节直往下写，似乎找到了一种语言，写得很顺畅。我将这篇小说又送到了《六盘山》编辑部。

1987 年 4 期《六盘山》是“回族文学专号”，《窑庄》发在了头条位置。中文系毕业前夕，我又如愿在宁夏文联刊物《朔方》发表了一篇叫《我是女子》的小说，而且也是头条。这篇利用几个午休时间写出来的小说，写了几个山村女孩子的命运轨迹，经《朔方》小说编辑李春俊先生润色，发表在 1988 年 6 期《朔方》，正是我毕业的那月。这是一件让我至今心怀感恩的事情。

## 兴隆中学

毕业后分配到兴隆中学任高一语文教师，初上讲台，意气风发中透着紧张，心怀忐忑中又有一股信念，不能误人子弟，也不敢误人子弟。因此上，备教案、查资料、改作业、批作文似乎成了生活的全部，逐渐将文学置之脑后，工作一学期后，又很快结婚成家，挑起了生活的担子，写作基本上停顿了下来。一年间，除在《新疆回族文学》发表过一篇小说外，再无收获。

直到高中同窗火会亮自宁夏大学中文系毕业，分配到兴隆中学后，文学重又回归了我的生活。课余饭后，我们在一起打篮球，踢足球，聊文学，交换阅读各自订的《小说选刊》《小说月报》《民族文学》这些刊物，利用假期骑着自行车去西吉东部山区的白崖乡、火石寨乡搜集民间故事。觉着能写个什么东西了，火会亮就将他的办公室里两张桌子并起来，我们面对面各坐一张，埋头写作。有时候停下来，念一段给对方听，博得哈哈一笑。

这是一段难忘的岁月。火会亮曾在文章中描述过那种“我们各据一桌，有时可以从早晨写到天黑，又从天黑写到天亮”的场景。

鲁迅文学奖获得者郭文斌曾给北京的作家们介绍过我们痴心于文学的状态。这段时期，会亮写出了读者称颂一时的小说《挂匾》《醉社火》《罗曼沟》。我也写出了自己较为满意的《斋月和斋月以后的故事》《冬季的日头》《麦捆》等短篇小说。《斋月和斋月以后的故事》后来入选人民文学出版社编辑出版的《1992 年短篇小说选》，在自治区、固原市文艺作品评奖中获了奖，这些年来，陆续入编《新时期中国少数民族作家作品选·回族卷》《宁夏文学作品精选》等十余种文学选本。《冬季的日头》《麦捆》也分别入选过一些文学选本，也在一些评论家关于西海固文学的评论文章中谈到，这促使我深深思考这几篇作品引起关注的原因，具有民族特色个性鲜明的文学作品，在读者眼中永远有一席之地。

这些作品的发表，也使西吉县委宣传部的领导注意到了，时任部长海正生、副部长火仲舫向组织推荐，把我调到了宣传部门，之后，我又在《固原日报》由周三刊向周五刊扩展的良机中，顺利进入了固原报社工作，这一干就是二十年，始终与文字为伍，与文学结伴而行。

我的写作，仍然是断断续续进行着，体现着我一贯的随遇而安，顺其自然，在城里的高楼上坐得焦躁了，我会十分怀念那个地方，时常在梦中，我会回到兴隆中学。仿佛是下午的操场上，阳光温暖明亮，教学楼上的喇叭里播放着欢快的曲子，学生们在操场上嬉闹，而我们，双手抱臂站在一起，目光平静地注视远方。

远方，并不遥远，大约是我们每天要去走走的街道。街道上走着西山里来赶集的农民，打量着商铺里的货物，盘算着自己的光阴；一位眼睛黑黑的有着长长的眼睫毛的回族少女，目光欣喜地在熙攘的人流中看见了自己喜欢的那个少年；正午时分，清真寺方向传来了清脆而又节奏感很强的梆子声；远路来的汽车，在小镇饭馆门前一阵刹车声；河岸上平展展的庄稼地里，风吹麦浪闪金光……

文学，紧紧地依偎着生活，才有了生命的体温，有了人世间的喧响。就像生活总有酸甜苦辣一样，文学在让我品尝了酸涩之后，以清洁的星光照耀着我的人生旅途，让我倍加真切地感受着生命的芬芳、充实、丰沛。一篇文学作品的完成，让我有理由对生活多了一份期待，让我感到甜蜜美好的日子就在明天。

# 旱土上的麦子

山坡的台地上，种着一块麦子。

那天，我们一家去割麦。

父亲站在地头，我们都站在父亲的身后。今年天旱，即将要收割的这块地里，麦子自然长得不好。在我们的注视下，麦子一个个拘谨地站在地里，觉得有愧于我们似的，悄没声地站着，和我们无言以对。麦子觉得长成现在这个样子，真是自己的罪过，唉，我们是使劲儿长来着，谁知？父亲理解他们的心情，他把提着镰刀的手背在身后，用一只手轻轻地在它们头上抚摸。父亲的表情平静，仿佛在安慰着一个内心惶恐的孩子。旱年么，咋能怪你们，要是出苗的时候落一场透雨，要是扬花的时候落一场透雨，你们不也出息得跟水地里的麦子一样了？你们就跟没吃够奶水的孩子一样，根子上就缺欠了，是当爹当娘的对不起你们啊。

山上很是寂静，阳光在山野间嘶啦啦响，一只虫子忽然在不远的土埂上唱起来。

戴着白圆帽的父亲蹲在麦子跟前，嘴里悄没声地念了一句，然后左手轻轻揽住那些矮个子麦子，右手伸出镰。

让我攥紧你们吧，瘦瘦的麦秆儿，我们一样都是这块土地的孩子。在一年一年的岁月里，我们播种，我们收割，我们相依相伴，我们彼此温暖，我们相互注视着走过一段一段白硬的山路，延续我们朴素的生命。

旱土上的麦子，我的兄弟，让我为你们祈求雨水，在我的父亲一样的乡下农人的祝愿声中，明年你们一定会长得高一些，麦粒熟得饱一些。旱土上的麦子，你们就如同这块旱土上的人生，希望总是在前方摇曳，希望总会从明年春天的土地上生长起来。

风顺山坡刮过来，旱土上的麦子无声摆动。

# 马舍木的歌声

那时还是生产队。马舍木是生产队的饲养员。

那个暑假,我有幸成了马舍木的手下。

队里有牛圈、驴圈、羊圈,用一堵一堵土墙隔开着,马舍木专门喂驴。他是个小个子男人,但他走路很有劲,走起路来脚步腾腾腾的。我和一帮孩子每天背着背篼,手提粪叉站在牛圈驴圈的木栅栏门外向里张望,寻找一切机会和饲养员套近乎。逢马舍木开圈门去沟道里饮驴,都争抢着帮他吆驴,驴吃剩下的苜蓿秆以及驴拉下的粪,是我们这些孩子们争抢的对象。那个阶段,喂牛喂驴的饲养员先后换了几个,却只有马舍木对娃娃们好。一天早晨,太阳刚冒花,马舍木腾腾腾来到驴圈门口,一边掏钥匙开门,一边向娃娃伙中看,锁子“嗒”地一响,他用手指了一下我,又指了一下一个叫八子的娃,说:“你,你,来。”

我和八子背着背篼就往驴圈里挤,刚一进去,马舍木让我们把背篼撂到墙根去。我俩过去把背篼放好时,马舍木已从圈里赶出一头黑驴,就要套车。原来是要去割苜蓿。把黑驴套进车辕里,马舍木用绳头打着驴屁股,车子哐哐哐从驴圈里出去,我和八子如两个勤务兵一般跟在车子后面,从驴圈前的大坡上走了下去。

到大路上以后,马舍木就坐在了车辕上,然后头也不回地说了一声“坐上”,我俩猫一样跳了一下,一人坐了一个车挎帮。

日头渐渐高起来，川道里的那些麦码子都已被拉到了场上，摞成了垛子，现在，那一大片土地上，只有玉米和苜蓿是两大块绿色方阵。

驴拉车走在河岸上的便道上，岸下是白色的河滩，河滩上长着野蒿，流水无声，扑闪着粼粼波光，风轻轻送来一股一股青草气息。突然地，一种音调从马舍木嘴里哼了出来。他起初哎了一下，我以为他要说话或者是想咳嗽，但接下来他嘴里却咿咿呀呀哼开了，声音时高时低，时缓时急，向着河面上飘去。时至今日，我仍清晰地忆想起那种调子，是苍凉的，是忧郁的，又是悲壮的，饱含着人世的沧桑和艰辛，同时又有一种对生活沉重的抗争和对命运的拷问。那种调子一下子就抓住了人的心。我想马舍木肯定微眯了双眼，让金黄色的阳光倾泻在他的脸上。他也不怕毛驴把车拉下河岸，就那样哎嗨——哟噢喂——曲里拐弯、绵绵不绝地把那个调调哼唱着，那些“哎”“哟”之类的字眼，我隐约能听到，但他具体哼唱的是什么，我不得而知了。我一直没有问，我愿意让那首没有词的歌轻轻地长久地回旋在我的心灵空间。当然，马舍木时隔不久就因意外事故而去世了，我再也没有机会去问他哼唱的是什么。不过，12岁那年坐着毛驴车从我家乡的河岸上经过时，我因马舍木而听到了一种声音，那种声音在以后的很长时间里影响了我，我又因那种声音而记住了马舍木以及和他一样的人，或许这也是一种缘分。

河岸上的那段路很长，那条壮实的黑驴走着走着就有些丧气地垂下了头，一副无奈的样子。马舍木的声音也停止了，他大概在打盹。突然，我和八子同时听到一连串的噗噗声，我们看到黑驴的尾巴正在硬硬地直起，我们赶快往后看，一大泡驴粪正从车尾下渐次地排列开来，它们排列得基本上是一条直线，因为饱含着苜蓿水分，有些稀，呈深绿的颜色，在白晃晃的河岸上显得很是新鲜夺目。

我看了八子一眼，八子看了我一眼。我们有点后悔，我们的背篼和粪叉都寄放在驴圈里了。

马舍木割苜蓿，让我俩往车上抱。拉回到驴圈门口，门小车宽，直接进不去，又要往进抱，边抱还要边摞好。他给我俩的报酬是一人装一背篼驴槽里剩下的苜蓿秆，每次一人只一背篼。那次我把这样的一背篼背回家中，我母亲简直有点喜出望外，她一边给我拍身上的草屑尘土，一边不住声地说："心疼死咧，看背回来一大背篼。"过了些日子，我背回来的苜蓿秆子晒了半个院子，那些将要添进灶膛里为我们煮熟浆水面、酸拌汤的燃料让我们全家都为之欢欣鼓舞。

那是绿色的苜蓿秆啊。

不过后来，马舍木被驴圈里的一孔窑塌下来压坏了。

那天，马舍木、我、八子正往窑里背铡好的苜蓿，从驴圈后面的红土沟里涌过来一大块黑云，黑云迅速集结，遮住了整个天空，几声恶雷响过之后，铜钱大的雨砸在了我们的背子上，雨势来得很凶猛，瞬间便已是白茫茫一片。情急之中，马舍木作了分工，让我俩往背篼里装苜蓿，他往窑里倒。马舍木小跑着，脚上沾着泥，一下把我装好的苜蓿倒进草窑里，回来扔下空背篼，一下又把八子装好的苜蓿倒进草窑里。就在他倒进了最后一背篼苜蓿，出到窑口时，很沉闷的一声轰隆，窑面子溜了下来，把马舍木一下子捂住了。

我和八子慌慌地扑上去用手刨捂住马舍木的土，上面的土很快刨开了，却见几个牛头一样大的干土块堆在他的身边，土块中的马舍木脸色蜡黄，眼睛紧闭。

我和八子一下向驴圈外面跑去，八子在雨中还摔了一跤，他哭了起来，哭着又往起爬。在瓢泼大雨中，我受了惊恐的声音颤抖不已。

救命啊，舍木叫窑塌住了——

我喊。

我伸长脖子一连喊了三声。

庄里的人终于来了。大人们把马舍木从土里刨出来,用门板抬到了家里。马舍木是在家里咽的气。

马舍木不在了,继任的饲养员没有叫我和八子帮他抱草,也没有叫其他娃娃,他叫的是自家的两个儿子。

在以后许许多多的日子里,我的眼前不断闪现着这样一幅画面:马舍木坐在驴车上,微眯着双眼,哼着那支没有词的歌。金黄色的阳光倾泻在他的脸上。

歌声在开满蓝茵茵的苜蓿花的河岸上久久不散。

# 红玉米·灰鸽子

我上初中一年级的时候，我家的玉米还不多。那时田还没分，秋后从生产队的大田里每家背回来的只是一小堆，剥去玉米皮，玉米棒子就更少了，两三个，三五个一挽，搭在院里靠近南墙根的一根木桩上。常常，家里所有的玉米只能搭满那一根木桩。那根有点弯曲的杏木桩子不知从何年何月栽在那里，但它栽在那里的唯一用途就是用来搭玉米，在秋天乃至冬天，全身上下披挂着红灿灿的玉米棒子，木桩所在的位置，成了我家小院中一处绝美的风景。

冬日的阳光从山梁上照耀下来，柔和而温暖，让露宿在外毫无遮挡的老玉米看起来新鲜可爱，那些紧紧挨在一起的玉米粒儿，通红通红的小脸上仿佛全是灿烂的笑容，孩子一般的笑容直往我的心里去。我坐在西墙根，阳光照耀着我，我的眼睛里满是红玉米。我常常在阳光中睡着了。有一天，是上午饭的时候，我听见南墙那边传来一阵咯咯咕咕的声音，如一场什么大会前热烈的闲谈，又如接力赛前聚在一起的队友紧张而兴奋的嘱咐。我从我家那间百年老屋的小小的玻璃窗子望出去，墙头上并排站着一群鸽子，灰色的鸽子，如一群站在照相机前的人不断调整着自己的姿势。

吃过饭，当我站在屋前的台阶上时，我看见有三只鸽子已站在玉米桩上，见我出来，它们没有飞回到它们身后的那支队伍里去，而是静静地看着我，看了有三四秒钟后，它们大约认为我是一个不值得它们害怕的人(这让我心里好受又不好受),又埋头啄起了玉米。我去坐在了墙根,阳光把那里晒得正好。我靠在墙上,看着越来越多的鸽子扑到玉米桩上,发出一片沉闷的响声。我觉着让鸽子这样轻而易举地吃到玉米很没有意思,凡事须经努力,不经努力而来的胜利果实吃着是多么无味。亲爱的鸽子,你们是否这样认为,你们是否明明白白我的心。

我当时正对弹弓十分爱好,但从内心里来说,我绝对没有射杀一只鸽子的欲望,我只是想吓唬吓唬它们,让它们扑棱棱飞起,又扑棱棱落下,吃上两口,又扑棱棱飞起。

毕竟,冬季里缺少声音。

我用弹弓射出一颗石子,没有怎么瞄准随随便便地射了出去。"轰"的一声,鸽子们争先恐后地飞上了半空,但是有一只落到了地上。我没料到我射下来一只鸽子,这是我练习弹弓半年多来的最大收获。

啊哈,片刻之间,我还是高兴了一下。就飞一般到了南墙根。

可怜的鸽子,被我使用的一颗扁平的石子差点截断了脖子。它的眼睛已半闭上了,就在这一阵阵前,它的眼睛还是那么圆润灵活地转动着,刚刚吃下去的几粒玉米还硬硬地在它的嗉子里,但那嘴却闭上了。不见多少血,却是没气了。

胜利的喜悦荡然无存,我的心中是一种说不上来的感觉。

这时候,我的父亲和母亲听到动静,都来到了这里。母亲捧着那只鸽子,试图把快断了的脖子合起来,她希望鸽子又能慢慢睁开眼睛,但一切都没用了,她只是痛惜地用手不断抚摸着渐渐冰凉的鸽子。我的一向慈爱的父亲这时极其严厉地瞪着我,说话的语气一句一句凶起来:"你咋搞的,你咋把个鸽子打死了,它能吃几颗颗玉米?它能吃几颗颗!看我不一巴掌扇死你这个碎土匪!"

我把头垂得很低,一股清鼻涕快淌下来了。

“唉。”母亲叹息了一声，拿着铁锨，在我家的大榆树根旁挖了个小坑，把鸽子埋了。父亲没理我，哼了一声，出门不知干啥去了。

这年打玉米的时候，母亲把那些个头矮小的玉米棒子没有打，而是撂上房顶，让鸽子们去啄吃。她还把打下来的玉米粒儿，抓了几把，扬到房顶上，让南来北往的鸽子吃个够。

我很快理解了我的父辈对鸽子独有的喜爱与呵护。在伊斯兰的经典中，鸽子对我们民族是有功的。

我自此扔掉了我的弹弓。

现在，我已30岁了，我们的玉米也多了。初冬，到东西两面山里人家走了一走，不仅木桩上，就连墙头上，屋脊上，都搭满了鲜红结实的玉米棒子。但看来看去，我觉得缺少一样东西——那些对着玉米咯咯咕咕的鸽子不见了，那些长着圆润安静眼睛的鸽子不见了。

我是不会用弹弓打它们了，玩弹弓的孩子也是越来越少了，可那些鸽子到哪里去了，那些灰鸽子到哪里去了呢？

# 桥镇的女人们

我们桥镇一带,对女性只有两个称呼:丫头、女人。没嫁人的无大无小都是丫头,跟了男人的无老无少均为女人,没有过渡期,婆婆是女人,媳妇也被称作女人。

桥镇女人生平是骑过一回毛驴的,她们出嫁时,没有花轿,没有唢呐,没有鞭炮,只有驴蹄敲打着土路,奏出一点声响。

就在这声响中,她们由丫头成为女人。

不是婆婆的女人被认为是一家中没有时间概念的一架高强度动能的机器。刚从地里薅完草回来,围裙在周身快速地一拍打,用劲洗了手脸,就直奔厨房,烧水,揉面,搭笼,馏菜,之后,一碗一碗端给公公,端给婆婆,端给男人。她们圪蹴在锅灶边,边吃边竖耳听房中的动静,若公公咳嗽一声,男人哼一下,她们会立即放下手中的碗,奔去上房,看哪个要添饭,问哪个吃的不舒服,极小心地看婆婆的眼睛。外面的人说,桥镇女人好苦啊。桥镇人说,桥镇女人好勤快。

也真是,她们手停脚不停,脚停手不停,一日三顿侍候了家人后,搜拢来些报纸,就打浆糊糊袼褙,给公公婆婆男人儿女做大大小小各式各样的鞋。桥镇女人手里都有一把结实锋利的锥子,在那厚厚的鞋底上钻过来钻过去,细扎绳子被拽得哧啦哧啦响。

她们认为这样才算一个桥镇女人，也都力求成为这样的女人，所以她们总在忙。她们如此领略了生活的各种滋味，她们一个个变得能干。

她们忙惯了，若闲下手脚，倒觉着不舒服。

但也有使她们领略恬静的季节。

地尽场光，初冬的太阳是很惬意的。一切都现出悠闲。桥镇女人可以走娘家，串亲戚了。穿自己最满意的衣服，脸上喜亮，扎一条极艳的头巾，打一个小包裹，裹上给男人正在做的方口大鞋给儿女们裁剪好的衣服，这一切完结后，又去厨房里叮叮当当一阵，摆好碗筷，洗了案板，抹了锅台，这才向婆婆道别，给男人说几句什么，就拽上儿子或女子去儿子或女子的外奶家。在那儿——她们长大的地方，可以睡个懒觉，在院中可以随意说笑，和昔日的姐妹们呱嗒半夜。虽然娘家的风景也就是几棵瘦树，满路被风化的驴粪蛋，可她们感受不一样，在娘家，她们还能痛痛快快地对一切发泄，对一切激动。

离开娘家时，她们往往会像第一次离开爹娘一样，掉两把眼泪，哭到真伤心处，凄凄惶惶，引得娘家嫂子围在身边开导，安慰，给擦眼泪，使得前来的男人不知给丈母娘说些啥。待她们和娘家人的这一段眼泪交流过后，她们很快便恢复常态。男人把娃儿朝背子上一轮，迈出两三步时，她们会自然给老大老娘一个笑脸，虽然眼圈是红红的。跟男人走在路上，她们有很多很多话，可那些憨大只闷声闷气地用一两个极简单的词回应，或者待娃儿在背子上熟睡了，看她们的脸，嘴角带出一丝憨憨的笑。她们心里一下甜甜蜜蜜的，低头看夕阳给自己设置下的身影。还有男人的，背着娃，腰稍弯曲，似一截老树，一跳一跳，她们便快活，问这些天家中的一切，问牛怕瘦了，问……问，总希望一个使自己满意的回答。

进了家中,她们就轻手轻脚地进上房问候公婆,转达爹娘的问候,声音尽量温柔,尽量显出孝顺来。“仪式”完后,脱去新衣服,作速去井中打水,去院中各处看看,她们又要忙了,她们又是桥镇女人了。

# 奶奶的手

生病了,发高烧,插上电褥子,迷迷糊糊躺着。学校操场上学生们打篮球的喧闹声隐约传来,越发显出我的孤寂。

生了病的人害怕孤寂。我觉着房子外面那每一个说话声,每一声笑,甚至每一个脚步的移动,都充满了令人愉悦的声韵和色彩。他们是在古朴祥和的阳光里,而我,只能浑身滚烫地睡在床上,我的床这时叫病榻。

怎么就没有一个人来在我的床边陪陪我,怎么就没有一个人知道我正发着高烧,来和我说说话。我的心里有点伤感。

我想念奶奶。

小时生病,睡在老家的土炕上,土炕的一头放着一个颜色黑红的板柜,据说是奶奶的陪嫁。奶奶在炕上习惯于跪着走,她从炕的这一头跪到炕的那一头,拉开板柜上那小小的钉着铜叶子的门门,在里面摸着,拿过来的,有时是几块白色方糖、半碟儿葡萄干,有时是一个已干硬如铁的油香,她跪着捧过来。奶奶搭着那长即腰际的白盖头,只露着一张脸。那脸极庄重,仿佛手中的那些东西能使她的孙娃子退了烧,好了病,又活蹦蹦地和小伙伴们吆木牛去了。

她把那些东西放下,把她的手搭在了我的额头。奶奶的手枯瘦,布满青筋,但我的额头丝毫不拒绝那只手,那只手使我安静,使我置于一个清凉的世界,感觉向一片绿草如茵、广阔无边的草原奔了去。

我就在这种安抚和感觉中悄然睡去。

有时，感到奶奶在吃力地挪动我。原因是挨炕门的地方太烫了，要挪到不太烧的地方去。在不太烧的地方睡得稍微一久，又要挪到挨炕门的地方去。捂了一身汗，神志已清醒了许多，半夜里醒过来，月光如水，沙哑着嗓子喊“奶奶，奶奶”。

奶奶竟似没睡一般，身手也敏捷得让我后来想起常常吃惊——一下子就点着了灯。

看来，火柴是放在手边的，油灯的位置自然是非常熟悉的。

先爬下来摸一下我的头，正中摸摸，两旁儿也要摸一摸，随之脸舒展开了，“哟，罢了，罢了，凉凉的了。”就从窗台上取过来一个什么，让我看一下，然后轻轻放在了我的脖窝里。

有点冰凉，一种甜丝丝的气息。

这是一只鸭梨，表皮黄脆，我拿起来，它像一只嫩黄的小鸭一样向我欲说什么。

奶奶已去世多年了，奶奶的娘家在甘肃临夏的一个小村子。

我赞念奶奶，我赞念这顿亚（世界）上所有的奶奶对儿孙们一样的慈爱，一样的疼顾。

# 奶奶·父亲·我

奶奶埋在了下堡子清真大寺前面古家坟院的旁边。

奶奶归真后，老坟院大大小小的坟已堆满了，坟院旁边是我家的三分水地，父亲把奶奶的坟选在了地的当头，父亲是开学阿訇，他给奶奶的坟勾了线，请来挖坟的两个庄间人开始动手了。

“打个基础。”父亲对我说。

父亲悲哀过后，又有了几分苍老。他说得很平静，我看着父亲长长的胡须，心中又涌上泪来。

那是农历羊年的五月十二。

现在，奶奶的坟上已长满了青草。

在知道奶奶病危，我从学校赶回时，奶奶已两眼光散，布满血丝，肚大如鼓，手背和腿上肿得发亮，一按一个窝儿，久久不起。奶奶靠在姑姑身上，眼面前似乎空洞无物。

奶奶已这样坐了两个月，而我的姑姑也就每晚从五里外的家中赶来，盘腿坐在奶奶身后，当着奶奶的靠垫。天色微明，把奶奶安顿给我母亲，又颠起一双小脚赶回她的家中，要做饭，地里要拔草，圈里的牛，窝里的鸡。

我替换了姑姑，让奶奶靠在我身上，姑姑顺便就在奶奶身后躺下来，她太累了。

奶奶的嘴微微翕动，要对我说什么。

我把耳朵凑到奶奶嘴边。

我终于听清了，奶奶说："玉兰咋站在房门口呢？"

玉兰是我大姐，远在千里之外的新疆精河县。

我愣了一下。

然后，我说："奶奶，您过两天就好了，您等着，我姐到八月里就回来了。"奶奶听着，很困难地点了一下头，嘴仍张着，嘴中只一颗牙。

奶奶二十五岁的时候，我爷爷无常在了兰州城里。他统领着一个马车队，来往于兰州、静宁、西吉的单家集之间。爷爷为人仗义，豪爽大方，车队里人都叫他古大个子。"埋体"一洗，穿上"开番"，又用白布裹紧了，四个脚户一步一步从兰州道上抬了回来，老家门口的奶奶看见埋体从村外的土路上风尘仆仆地过来时，又一次晕倒了。当时，我姑姑三岁，我的父亲只有一岁。

这姐弟俩根本不记得他们的父亲是什么模样。

泪水浸泡着母子三人的光阴。

在我上了高中以后，我听见，庄里人说，这老婆儿，这一带川里少呐。

四十多年里，奶奶挺起了腰板，对父亲引导教养，一心供给父亲学习经文，父亲争气好强，刻苦上进，先后在几个大阿訇身边拜师学习，其中就在深受我们玉桥老陕人爱戴和尊敬的于志祥老阿訇身边住学半年。父亲一天天有了"尔林"(知识)，得到了这些老阿訇们的鼓励和赏识，我的父亲古志兴穿衣开学了，也成了阿訇。我的姑父那时已是一个坊上的阿訇。在回回民族的观念中，家门里出一个阿訇，是这个家门中极大的荣誉，回回人信主赞圣，阿訇就是伊斯兰文化的传播者。按乡间人的看法，我奶奶有一个阿訇儿子，有一个阿訇女婿。这自然是对于我的奶奶年轻守寡，饱受生活的打击和折磨，含辛茹苦拉扯儿女成人的一种极好的安慰和回报。

在我十七岁这年的秋天，我成为庄子里第一个大学生。拿到通知书的那天，奶奶让我坐在她的身边，拉着我的手，抚摸着我的头，她似乎要对我说很多很多的话，又不知怎样说，她只是嘴角抖动着，对着我清泪长流。

奶奶布满泪水的脸深深地植进了我的心中。

我敬爱我的奶奶，在以后的学习生活和工作生涯中，我都努力把事情做好，我要成为奶奶希望的那种不走歪门邪道，不昧良心，不翘尾巴的人。

那天晚上，姑姑和我母亲给我奶奶换上了老衣，黑毛布衫子，黑哔叽裤子，新的白盖头，白袜子。

姑姑慢慢把奶奶扶稳，搂着，母亲和我守在两边，父亲跪在奶奶对面，给奶奶念"讨白"，房中很静，"讨白"的声音叫我想到，如果一个人如一滴露珠，自草叶上渗出来，在白天的光阴中闪耀了她的光亮，然后，在夕阳消逝的过程中，她听到了一种纯净神圣声音的召唤，她该是多么幸福啊。

"讨白"的余音回旋在土屋中，奶奶那空洞的眼中突然唰地涌出两股清亮的眼泪，缓缓地滴落在她的衣衫上，然后，奶奶平静地抬着头，谛听着深夜中的声音。

院中没有一点动静。

突然，鸡叫了。

又过了一会，传来了"邦目塔"时辰的梆子声。

传来了高亢悠扬的"邦克"声。

一丝微笑凝聚在了奶奶的脸上……

父亲把一方白纱布盖在了奶奶脸上。

奶奶，求万能的真主饶恕您。

奶奶，您不用再操心了。

半夜里父亲的咳嗽声，哪个孙子又发烧了，开春时麦子的播种，五月间的浇水，七月收割，八月碾场，寒冬腊月柴火棚里的烧煨。怕种得迟了，在山上开学的父亲心中吃力，浇水时，又怕别人截了水头，我在学校教书，弟弟在学校念书，父亲只好半夜三更蹲在地头，奶奶也一夜不眠。碾场时又操心天气，怕过雨。我在学校是不是饿着，不然为什么总那么瘦。走在冰上的父亲会不会从河里掉下去，坊上的人来探望她，父亲没有什么东西招待，以及牛在半夜是不是反刍，架上的鸡娃会不会给老鼠咬死……落雨或者风雪凛冽的日子，奶奶，您不用再操心了。

奶奶经常坐在炕拐角里，奶奶的位置上现在坐着母亲，母亲也日渐一日地老了。

我常常给奶奶去上坟。

一个主麻日，礼完"主麻"后，我请老阿訇去给奶奶上坟，刚下过一场大雪，原野一片洁白，老阿訇和我在冬天的田野上走着，我的内心柔弱得想哭。在奶奶坟头，老阿訇就在洁白的雪上跪着，我也跪着，老阿訇念"索儿"，声音颤抖着，四野寂静无声。

恍惚中，奶奶又坐在我的对面，嘴角微微抖动。

雪开始落下来。

雪无声地落在了奶奶的坟上。

# 乡村运动会

“打篮球走噢——”

春季的葫芦河畔，又掀起了篮球热。

每年正月里，素有“体育之乡”之称的西吉县兴隆镇、玉桥乡一带，都要举办篮球运动会。运动会已有了历史，筹办也便有了经验。几个村干部和村上的篮球爱好者一“研究”，定下了时间，资金由村上出一些，请求乡镇政府支持一些，个体户赞助一些，便发出了请柬。邻近村队很快知晓，各个村里惯常有此业余爱好的，便四处招集来大中专院校、县中学、乡中学会打篮球的学生，爱上场跑一跑的机关干部，言明只打篮球不管饭，经济条件许可的，则给学生们买一双球鞋。攒足了劲，一心要去争个名次，方显英雄本色。至于奖品，奖个脸盆、水壶，奖一双球鞋，甚至一条毛巾，皆兴高采烈，绝不争长论短。有那“重在参与”的队伍，几个“联手”往一块一凑，报了名，两场球下来，即便遭淘汰，也不过分沮丧，算“潇洒走一回”了。家距比赛场地近的，有二三里、四五里，远者，有三四十里路。比赛期间，每日骑了自行车，日出而来，日落而归，坐一辆“手扶”、农用三轮车往返，算上了档次。若是村里有汽车的，乘大汽车来比赛，来观战，即使站在车厢里，也足以让人羡慕。

场地多半是土场子，天旱不下雪，多浮土，队员们来回运球，快速奔跑，三步上篮，一双双有力的脚踏动着尘土浮起来，风一旋，土向里三层外三层观众的脸上头上旋去,一些人只用手简单地抹一把脸,更多的人根本不理睬那阵阵袭来的黄风土雾,人们的眼睛只盯着那只圆圆的篮球。球打精彩了,高声喊“好”,打臭了,有人惋惜地跺脚,或者背过身去,用这种姿势来表达惋惜的程度。近一两年,乡里的篮球场也有水泥打的,但场地周围同样有土,同样会刮过来,只是,看球的人同样不理。有那“铁杆球迷”,茶不思,饭不想,凭几把麻籽,几两葵花籽,能观战整一天,不觉其累。有看门道的,有看热闹的,各有各的收获,各有各的乐趣。有趣的是那看热闹的,他们可能不知“NBA”,不知“CBA”,不知乔丹,不晓皮蓬,亦不知当今中国篮坛的风云人物,但在这些黄土墙围成的运动场上,他们有自己喜爱的“明星”,他们牢记着那个“4 号”或“5 号”队员,看过那么几场,他们知道了这支队伍“打得欢”是一支硬队,当播音员预报这支队伍什么时间要比赛时,他们陡添精神,观战的信心和耐心一同大增,于是就揣一揣衣服口袋里还有几捏麻籽。

常常,全天比赛结束,赢球的球队队员们肩上搭着衣服,怀里抱着衣服,去附近的馆子里喝茶吃饭,那些“铁杆球迷”带一头土一脸土,骑着自个的破自行车,有几分满足,几分遗憾,又有几分对明日几场重要比赛的牵挂,嗑着最后几颗麻籽,驶向山村里的某一个家门,去赶那一天最后的一顿饭。

乡村运动会,乡下农闲时节供应的一桌精神大餐。

乡村运动会,展示乡俗民情的一座大舞台。

# 黑暗中的背斗

外面还黑着,但房子里的灯亮了。母亲依次叫醒大姐、二姐,还有我。寒气从门缝里钻进来,两个姐姐穿上他们的花棉袄,我穿上我的黑棉袄。这个时间我们不洗脸,洗了也是浪费水,因为要往山上背粪。父亲还可以躺一会,生产队在做农具,父亲是木匠,整个白天他要拉大锯去锯厚厚的木板,更大的苦在等着他。

那应该是黎明前最黑暗的时候,院子里冻得硬邦邦的。母亲带我们走向院门的一侧,去寻找各自的背斗。这个劳动工具的标准写法应该是"背篼",但西海固大多数人叫它背斗,这种说法更结实。背斗在春夏秋三季用来背粮食、柴草,冬季则主要是背粪了。那四个背斗在黑暗中如四个大小不一的羊卧在墙根。母亲的背斗最大,背绳就是两根粗麻绳,姐姐的次之,背绳上各系着一根红头绳,我的最小,背绳却用黑布条缠了。我那时已上小学了,父亲说我的肩膀还嫩,不能让麻绳勒坏了。我们背起各自的背斗,出大门走进清冷的黑暗中,走过一条土巷,又走过一条土巷,地势渐渐高起来。在村子的高处,是生产队的牲口圈,圈门前的空地上现在是山一样高的粪堆。在冬天的那些早晨,队里每个能背起背斗的人都没有闲着,都要在黎明起来将那粪堆背到山上去。

隔了一段路就听得人声喧哗,大家似乎情绪高涨,一个个身影显得臃肿,人群中不时有人叽叽咕咕说着什么。有人在抢着镢头用力地挖那粪堆，几个老人成扇面散开，人们将肩上的背斗放在地上，扶住，老人就用铁锹向里装粪。装满一个走一个。母亲背着装满土粪的背斗走了，两个姐姐背着装满土粪的背斗走了，轮到给我装了，装上两锨我就用力摇摇背斗，将土粪摇实，装上两锨，又摇一摇，背斗里装满了，又让老人找块没有打碎的粪块压在上面，这样，比我那个小背斗所能背负的正常重量能多出五斤，一斤土粪就是一个工分啊。我们家人口多，年年超支，挣不够工分，要向队里交现金，才能打到口粮。我常常看见，父亲在生产队的场院里不出声地干活，他那样锯一天木板大约是三十五分工。有了工分，就能吃饱饭，我知道这个，就努力要自己多背一些。

背着土粪的身躯一律躬着，沿着山路向一处叫南湾的坡地运动。夜幕还没有完全褪去，没有人说话，只听见微微地喘息。上了一段长坡，汗开始从额头上渗出，身体热起来，脊背上也有了汗，长坡之后是左盘右绕的山路，目的地还远，可以倚着土塄出口长气，可以歇歇脚，但你不能停下来，停下来你就想睡过去，睡过去没有人会在你的名下记上几个工分的，那就咬紧牙关，背着土粪，迈着沉重的脚步，沿着上坡路努力向前。

两个记工员就在南湾的坡地里等着。一个过秤，一个记分，背粪的人和过秤的人用穿在秤上的一根木棍将背斗抬起，秤尾稍微一高便会心里欢喜，秤尾一平就会争执一番，总要两两计较，所幸我们队那个叫伊斯哈的过秤时秤尾总是高着。

经过多次淌汗，汗湿汗干，脸色通红着，我将那背斗土粪背到了一块坡地的地头，要背到坡地中间去过秤，目的地就在眼前，再加一把油啊。

心里开始兴奋起来，我沿着地塄向前冲刺，脚下一晃，身子一斜，背斗上压着的那个粪块掉了下去，沿着高高的地塄滚到了下面的坡地里。我停下脚步，哭笑不得。要捡回那个粪块，必须从塄上溜下去，抱着又从塄上爬上来，这中间会耽误很长时间，母亲已经过完秤返回去背第二趟了，我是队伍后面的人，这样一来一去，空荡荡的山路上将是我一个人，那是多么凄凉啊。再说了，那块粪虽然没算在我的秤上，但也是到生产队的地里了，多打的粮食算大家的。这样一想，我心里头轻松了许多，毅然背着那轻了一些的背斗向记工员走去。

两个记工员一人提秤，一人拿本，笑笑地等着我。过秤，秤尾高高的，伊斯哈用手捏住秤砣绳，指给我看，他说，十斤。我点头，满脸涨红，心跳得厉害，十斤就是十分，我说记上啊。将土粪倒在粪堆上，空背斗背在身上，身上一下子轻飘飘的，没有了负重感，又有些不太适应，觉得身上缺些什么，但又高兴着，沿着下山的路往回走，力气在身体里逐渐恢复起来，想小跑一阵，又恐马失前蹄，想还是走着稳当。东方已白，山里轮廓一目了然，又觉出这土地的亲切，脚下轻快，心里说，父亲啊，我又给你挣了十工分了，如果加上那块掉了的，该有十五分呢。我觉出背粪的好来了，很想再背一背斗。呵呵，不多想了，下山去，确实还有一背斗土粪要背上来；第二次背上来的时候，太阳该出来了。那个时候，我们脊背上的背斗会被阳光彻底照亮。

# 和父亲一起割麦

父亲蹲在牛圈门口磨镰刀，牛在圈里吃草，牛的铃铛一响一响，父亲的身子一动一动。

村庄里飘动着麦子的香味，村庄从早晨就开始喧响。

父亲说，麦秆子上的露水干了，割下的麦子才不发潮不发霉，碾下的草柔韧，牛吃上好。所以父亲是在太阳跃出山头时才开始磨镰刀的，太阳照着父亲，和牛。

母亲在灶房里给我们做早饭，大妹担水抱柴火，小妹拉风箱，我睡在炕上。饭做熟了，我就睡够了。

饭罢，我们往地里走。路上有人开玩笑，学生会割麦子吗？我说咋不会呢。

父亲磨好的镰刀安在我们各自的镰床上。父亲割头趟，母亲割二趟，我跟在母亲后面，接下去是大妹、小妹。父亲头上的白帽鲜亮，他戴着我爷爷留下的一副石头眼镜。五十开外的父亲站在麦子地边精神抖擞。他挽起白色长衫的袖子，抓住一把麦，把镰刀搭上去，嘴里轻轻地念了一句。他在举意，就如我们回族掰开一个馒头，挑起一筷子面条时口中要表达的内容一样。父亲开镰了，我们一个跟一个，在金色的麦浪里奋力向前游去。麦土渐渐浮动，阳光在眼前的麦秆上晃来晃去，山上有鸟在歌唱，田野里不时有头颅起起伏伏。父亲割一会，回过身到我们割过的趟里看一看，弯腰捡起丢下的麦头，塞到麦捆子里，叮嘱我们把麦茬割低一些。他割得很干净，动作不疾不缓，可以说，他掌握着割麦的节奏。有一阵时间，他把一个麦穗放在手心里揉搓，边搓边吹去麦芒之类。他把手心里的麦粒展示给母亲看，他们一块站在地里，苍老的脸上都有一些不易察觉的喜悦，这时候，母亲总会抬起头对我们说："渴了没，耶尔古拜、尔乃、黑女子，渴了没？""'毕咧'给我娃挂几个大西瓜。"母亲又说。"毕咧"就是说麦子碾完以后。我回头看我的两个小妹，两张黑红的小脸上挂满汗珠，听到西瓜，她们咧开嘴笑了一下。

太阳越来越大，地里越来越热，我在麦趟中已处于一种恍惚迷离状态，我看见一只红色的虫子沿麦秆快速地爬上爬下。我开始频频地去喝铝壶里的茶水，铝壶放在地头，我双手扶着腰走过去，喝一气凉开水，回来割一会，又起来喝一气。那个铝壶很大，装了很多水。幸亏了那个铝壶。

有人开始往公路上走，要回家了。父亲不知道似的蹲在他的趟里，一镰跟一镰，带起了一股又一股细土。水把肚子已经灌得很胀了，我拖着沉重的双腿和笨重的肚子，眯着眼，艰难地向前挪动。

终于，父亲站了起来，把捆好的麦捆往一块码。

我突地感到浑身一轻，头脑似乎清晰了许多，眼睛也睁开了，看父亲在地里走来走去码捆子。

父亲突然说，再加一把劲，一人再割上十个捆子。

抬头看天，太阳乐呵呵地对着我笑。没有风，田野里一片寂静，似乎只有阳光嘶啦啦响。

十个捆子嘛，不就十个捆子嘛——我在心里这样说。我突然来了灵感，决定实行倒计数制十个、九个、八个……这样地割下去。

正午两点，我们往回走，母亲的背篼里背着青草，在前面疾疾地走，她要赶回去做饭。父亲脚步从容，背搭着手，背搭着的手里攥着他的镰刀。我、尔乃、黑女子走在最后，边走边轮换喝着铝壶里剩下的水。

# 飘香的麦子

太阳照耀着麦场，麦捆上的细土如炊烟一样从场院里升起来。麦捆是被一个孩子从麦垛撂下来的，被另外几个孩子拖着走向他们的大人。大人们在场院中分散开，将自家的麦捆拧开腰把，摊在场上。大人们忙得直不起腰来，直起腰来的时候，见身边没有了麦捆，大人们就大声命令着自家的孩子。正在打闹的孩子匆忙结束了战斗，拖着麦捆小跑起来。大人们一个夏天都在围着麦子忙，先是割，后是拉，现在又要碾了，大人们的身上已经很酸疼，尽力控制着情绪。孩子们如果再惹着生气，是要挨揍的。

麦子摊成了一个大圆，太阳将麦芒晒得铮铮响，牛啊驴啊的枷套都套好了，碌碡就停在麦垛的下面。摊开的麦子又被晒了一会，大人们喝了一气凉开水，朝手心里吐一口唾沫，就吆喝起了。牛啊驴啊拉着碌碡，大人们站在大圆的圆心，一手牵着长绳让牲口转圈，一手握着粪叉提防牲口将粪屙进麦草里。

碌碡吱吱扭扭地响起来了，我坐在一个大麦垛下面的阴凉里，看着父亲。父亲戴着一顶旧草帽，太阳将他的眼睛照得几乎要眯起来。我家的那头黑草驴不声不吭地一圈一圈走着。我那时已在一所大学上学。先前父亲让我回家睡一会，我没有答应。我的想法是要替父亲，父亲却没让，说我牵驴压不上茬，会耽误时间。割麦、拉麦、碾麦、扬场，这些都是体力活，更是技术活，不得要领，是没有效率的。我只能先看着，观察着怎样压茬，一会儿，汗就从额头上淌下来了。八月的麦场上，坐着也能淌汗。那样一茬压一茬，约一个小时，就要抖场，全家人一起上阵，将麦草麦衣抖得上下翻飞，麦场上空土雾腾起，遮天蔽日。麦草翻个个儿，又是人牵着驴，驴拉着碌碡，一圈儿一圈儿吱吱扭扭地转。

麦土沾在脸上，麦衣沾在脖颈里，猛喝了一气凉开水，我才觉得精神了一些。四十分钟后，又抖了一次场。约是正午两点，太阳烤得背子上火辣辣地疼，汗从额头上、耳朵背后、眼镜腿上等几个方向同时向下淌，有一滴汗水还流进了嘴角。我愿意让汗水这样淋漓地淌下来，我知道麦子的香味是要出力流汗才能换到的。庄农人一年四季淌着汗，麦面馍吃在嘴里才分外香甜。碾过第三遍，父亲给驴卸了枷套，让小妹赶着去河边上吃青草，我们开始起场了。将碾净的麦草搭在一处，用推把将麦衣推成一堆，之后，父亲站在上首，我站在下首，用铁叉一下一下扬向空中，麦粒落在上风处，麦衣被吹向了另一侧。利用自然风，麦衣和麦粒被分离的过程让汗水满面的劳动者的内心变得充实。可风不是很稳定，常常就没风了，一丝儿风都没有，场院边上几棵白杨树的树梢也静止不动。我有一种有力气使不出的感觉，只好看着西边火红的晚霞。

似乎要这么一直静下去呢，风却又来了，脸颊上感觉到一丝凉爽的同时，我拼命地把脚下的麦衣一叉又一叉用力地扬向空中。父亲笑了。父亲说扬场用的是悠悠劲，一叉一叉要抖开，风才来得及将麦衣吹开，你那样扬，麦子咋能扬干净？我有些不好意思，却是明白了扬场的道理。在父亲的指教下，我掌握了扬场的要领，扬场的技术得到了村里农把式的好评。

后来，过了些年，村里人改用“手扶”拖着碌碡碾麦子，用风扇扬麦子。仍然要用人力把麦衣扬向风扇的位置，但我成了我家扬场的主力，我站在上首，父亲站在下首。我掌握着扬场的节奏和力度，麦衣被我扬出去，饱满的红红的麦粒一颗颗紧密地拥抱着，形成了一个硕大的麦堆。

太阳照在麦子上。麦子，这种根植土地的作物，它的颗粒堆积起来，自然的清香，在暮色渐浓的村庄里弥漫。

后来，过了些年，我搬到了城里，工作忙碌，逐渐远离了麦地，麦场上也没有了我的身影，扬场的技术日渐荒疏。

2009 年的一天，麦子摞到场上后，我回老家看望父母。站在老院子里，我突然想起了扬场，想出出汗，找找当年的感觉。我对父亲说今年我回来给咱扬场。父亲一听，有些吃惊地对我说，还能用上你，脱粒机一辆辆从门口过，一小时才一百多元，省事得很。他从板柜上拿起手机，你看，人家的号码都在这上头，一个电话就来了。

我讪讪地笑了。笑过之后心中却很欣慰，眼前出现了这样的一幕：在脱粒机的轰鸣声中，那些养育我们的麦粒如一道金色的瀑布飞流而下，巨大的喧响，在西海固的土地上奏出悠远深情的旋律……

# 玉桥小伙上新疆

一次聚会上，一位初次相识的人问我，是哪里人？

西吉。

又问，西吉哪里？

玉桥。

玉桥不错，玉桥不错。问的人这样轻轻说了，关于籍贯的对话告一段落。但在后来，我却长久地思索着“不错”这个字眼，“不错”在哪里呢？

“不错”就是“比较好”，这方面大概是指此地位于葫芦河川道区，有一部分水浇地，光热资源相对丰富，中静公路穿玉桥而过，交通便利，和西海固的一些山区相比，玉桥有着得天独厚的自然条件。除此之外，还有什么“不错”呢？

在我看来，玉桥的小伙子不错。

玉桥的土地拴不住玉桥小伙子，玉桥小伙子大都在新疆的土地上闯荡。

玉桥小伙子中的一部分，通过高考走出了玉桥，相当多的玉桥年轻人，则用自己的双手双脚和胆略与生活打拼。

那次回家，晚上，和父亲躺在炕上拉话，有一句没一句地说着，突然感觉到了一种寂静，是村庄的寂静。以前，在夜幕降临的公路上，总能听到一些少年唱着歌子走过村庄。我问父亲唱歌的那些小伙子呢？父亲说，上了新疆。

我眼前一下出现了嘉峪关外的那片绿洲，那里有多少玉桥小伙子呢？年轻人出门往往直奔静宁，然后经兰州，过嘉峪关，从红柳河进入新疆，像些蜜蜂一下子飞进了那座硕大的花园之中。乌鲁木齐、昌吉、米泉、伊犁、精河、沙湾、塔城……很多的地方，玉桥小伙子拉拉条子，摘枸杞子，脱土坯，贩皮子，贩哈密的葡萄和香瓜，筛沙子，下煤矿……他们在那里淌着青春的汗水，磨硬了肩膀，长硬了翅膀，他们中的一部分已成了或大或小的老板。一些人在那里娶了媳妇，有了孩子，没有户口却长年累月生活在异乡的土地上，有人甚至将老人都“拿”了上去。玉桥小伙子总是以这种方式开始一种新的生活。小学同学叫金木的，现居米泉铁厂沟。前些年我到米泉时，被他邀到家中作客，院子、房子都是村里统一规划建设的，高大整齐，院中是一座花园，花儿开得正艳。金木仍和小时一样，不大说话，只一味让吃让喝，饭桌上摆着鸡腿子、蒸丸子、烧牛肉，茶饭是地道的玉桥人的口味。我夸赞他的家道，他淡淡一笑，我瓤（弱）着呢，家底子不厚，但人挪活，这话不假。

从新疆返回时，在乌鲁木齐火车站买票，人很挤。正在四处张望时，一西装领带的小伙子捏着票与我搭讪，他说的是新疆普通话，我说的是玉桥话，几句过后，他用玉桥话说，你是咱唔达人。原来，他也是我们下堡子对面的公易堂人。他说把票原价让给我，我说，给你加一碗青拌面的钱，都不容易。握手道别时，小伙子粲然一笑，黝黑的脸上露出一口白牙。

现在，我坐在固原的办公室里，写着这些文字的时候，我的脑海里浮现着玉桥小伙们的脚步匆匆和沉稳表情，浮现着那个说话有些害羞、长着淡黄色头发的名叫金木的少年伙伴。我想对你们说一声：兄弟，加油啊，我们都在路上。

# 牧羊少年的歌声

那个地方叫阳山。那个少年叫尔玛。

我是在阳光明媚的一天与尔玛在阳山的山坡上相遇的。正午时间，虽有丝丝微风，可炽热的阳光把山坡照耀得很温暖，温暖得让人想躺下去睡一觉。尔玛是一个牧羊的少年。羊们卧在山坡上，望着山下的公路，尔玛就坐在羊的旁边。尔玛在唱。

我就听见了那种歌声。

哎……嗨哟喂哎嗨哟……

我也坐下来，坐在了尔玛的旁边。尔玛回头看我打问我从哪里来。

你像是城里人，跑到这搭干啥来？

干啥来了？我怎么对这个孩子说呢，我说我寻找心灵的栖息地来了，我说我寻找情感的依托来了，或者说我想远离喧嚣，远离被严重污染的城市，到山野里享受明净的阳光来了。我这样说了，这个少年能理解吗？我只是说，我家在山下的玉桥，我到山上散心来了。你家有啥人？我问。

大大（父亲）没了，我跟我妈一搭呢过活。

大大咋没了？

在煤矿上挖煤，塌坏了。

我没有再问，我们的身边总有一些不幸的事情，总有一些不幸的家庭。我没有了说话的兴趣,少年也沉默了。

两人都望着山下。

哟嗨哟,哟嗨哟——

依嗨哟依嗨哟嗨哟……

少年又唱起来,反复地唱,旋律保持着一种悠远绵长的调子,时而低沉,时而高亢,不断起伏,但那底色是深情的,带着阳光的味道,让人在这种哼唱之中深刻体味到人世的温暖,想到亲人的笑容,想到产生爱情的那些日子,想到人世的沧桑与艰难。

少年在哼唱中时而轻轻摆动着头,时而微微扬起头,但脸上的表情一直是平静的,那是一种歌唱中的平静,或者说看上去是平静的,那些沉重浓烈的感情深埋在他的平静的表情之中。

哎……哟嗨哎哟哟喂……

哎嗨哟……

那种绵长曲折的音调,那种容纳一切的从容心态,化解着人心中的苦涩,也化解着人世的艰难。古老的太阳照在山坡上,看不见的风在草茎之上轻轻掠过。生命就那样来了,生命又那样去了,岁月被一代代人承接着。我们的内心都疼痛着,但我们都歌唱着,只不过我们歌唱的方式不同,音质不同,阳光一般温暖的声音与金属一般坚硬的声音,流水一般清澈的声音与山谷一般沉郁的声音。激越的声音与嘶哑的声音。能够歌唱的心灵是自由的心灵,有着歌声的生活是有希望的生活。

透过歌声,我仿佛看见了我生活的那个地方,那里有我的家门,有许多和我一样歌声不断的朋友。我的心头很快一热。那些旋律在我的意识深处更加清晰,让我单纯起来,让我的思想明朗起来,让我的心底柔软起来。

就这样,在温暖的山坡上,坐在一群白色绵羊的旁边,如那牧羊的少年一般摆动着脑袋轻轻哼唱。

轻轻哼唱,我的眼睛逐渐蓄满了晶亮的液体。

# 遥远的阿力托里

对于乌鲁木齐来说，阿力托里是在 400 公里以外的“广滩”上了，西部的西部。

“广滩”是移居到新疆米泉一带的宁夏西海固人的语言，意思是很大的荒滩。“远得很嘛，车子要跑十几个小时的嘛。”

从口里（内地）上去的老米泉这样对我说。我说我要去，我的大姐在阿力托里。

阿力托里是全称，当地人只叫托里，是维吾尔语的音译，什么含义，不大清楚。从乌鲁木齐坐上开往伊犁的大轿子车，到托里的票价是 41 元，晚 8 时，我上路了。这是 1997 年 7 月。整个晚上，我一直睁着眼睛，我的情绪浸泡在《我们新疆好地方》和《塔里木河》的曲调之中。新疆真是好地方，就那道路，如一匹很长很长又宽又直的黑色缎带，路两旁是高大整齐的胡杨，再远处，是一个又一个兵团的农场，耳边只有车轮轻微的沙沙声。

大轿子车不歇气地奔驰了 10 个小时后，第二天早 6 时，我到了阿力托里。

这是一个规划建设时间不长的移民新村，有一百多户人家，居民中甘肃平凉人居多，其次是宁夏西吉、固原、泾源人。各家的房子设计大体一致，平顶，白灰浆抹过的墙面，一个房门，里面套着四五间房，据说这样是为了冬天保暖，而平展结实的房顶又便于晾晒枸杞(托里是新疆著名的枸杞之乡),院子一律的没有围墙,有些人家用退化后挖下来的茨树简单地扎一道篱笆,表示一下。村中的土路却是坑坑洼洼,而村中的“金蛙”“兰驼”等农用三轮车又多,街上的三轮车又不断开进村里来,从一侧看过去,坐在“蹦蹦车”上来自五湖四海的人们一个个都摇摇晃晃,仿佛很悠闲,其实那都是些很忙的人。

在阿力托里,只有干不完的活,没有找不到活干的人。只要你不怕晒,有耐心,你完全可以做一个托里人。

每天早晨,人们还没有下地,一辆一辆“金蛙”的声音便从土路上响过。前面一辆车上的河南人喊“收枸杞(鸡)——”,刚刚过去,紧随在后的四川人在车上喊“收枸杞(骑)——”,刚刚过去,跟在四川人后面的宁夏人又喊“收枸杞子咧——”,乡音总让人心头一热,这辆最后的车也常常被人喊住,去看装在白塑料袋中的枸杞。

那些来往的车辆除过收购枸杞的,还有相当一部分是销售日用品和水果的。蔬菜各家的园子里都有,托里人一般不买菜。我大姐家园子里的辣椒、西红柿、茄子、豆角等都吃不退,常邀邻居和一块从西吉来到托里的老乡来摘。但托里距离公路上的商店还有半个小时的路,是骑自行车所需的半个小时而不是步行。正值大忙,人们难得有空去街上买东西,油盐酱醋糖、西瓜苹果之类的便有人送上门来。说来很有意思,在那地方,是一种什么原因,买盐买糖都整袋子搬,买西瓜论麻袋,买苹果用大筐抬,口里人称东西一般说称几斤几斤,那个地方一般说几公斤几公斤。我的姐夫后来向我说明了这种买法的缘由,这是由冬季买东西的习惯沿袭而来。冬季托里雪大,一尺多厚的雪封了路,就出不了门,买米买面买菜买肉都要往满足里买,成了习惯。夏天,这些交易正常都是在大正午进行。大正午托里在7月的温度会达到42℃,所以这时间人们会在屋里歇晌,但太阳一偏,午后4点钟光景,各家的“金蛙”“兰驼”又都响了起来，提上水壶，拿上筐子，车往地边一停，人隐身在那一片茂密的绿色中了，绿色中，是一串串鲜润的红枸杞。

那地方和我们固原的时差是2小时，夏季晚上10点钟太阳才落山，所以初次去的人，会觉得托里的白天特别漫长。夜幕降临后，摘枸杞的人从一块一块的地里出来，坐上“兰驼”或“金蛙”，一路摇摇晃晃，开到自家屋前。跳下车，男人顺梯子直接上了屋顶，女人洗了手脸便去做饭，而孩子们就将一筐一筐的枸杞沿梯子往屋顶上送。屋顶上有一个大笸篮，将枸杞倒进去，用碱水拌了，又往一个一个的筛子里倒。那种长方形的竹制筛子每家都有七八十个。在筛子里薄薄地倒一层，筛子一个挨一个摆满了黄泥屋顶，托里人家的屋顶成了红屋顶。从树上摘下的枸杞们今晚开始在屋顶上过夜了，它们一个一个眨巴着眼睛，嗅着夜气中传过来的包谷香味。头顶是满天星星，远处的灯亮了，一闪一闪。这时候，炊烟正在托里的上空诗意般弥漫。

我站在大姐家摆满红枸杞的屋顶上，外甥女赛力卖站在我的旁边，这个4岁的丫格子（维语，小姑娘）用小手指着一处一处的灯光向我介绍：那是苹果园——那是牛场——那是水管站——那是收购站。学校放暑假了，不然，教学楼上的灯光是最亮的。她说。

在夜晚，从雪山上淌下来的雪水顺宽大的盖板渠哗哗流淌，那些让人动情的水不断地滋润着植物的根部。

阿力托里，西部之地，枸杞之乡，离乡人的家园。那里，劳动者的脸上淌着汗水和欣喜的泪水。

# 春天的一个上午

四月初的一个周六,休息日。

早晨起来,站在阳台上望去,知道昨夜下雨了。在阳光刚刚照耀到的小区的砖墙上,看到了青砖黑湿的模样,在两幢楼之间不大的停车场上,那时常尘土飞扬的土场子比较湿润,久旱的土地得了甘霖似的让人欣喜。在我居住的这个小城里,在小城的这个中心位置,这几年正在加紧建设,拆除旧楼建成小高层,开挖地下停车场,开发商与住户谈判搬迁条件,谈谈干干,干干谈谈,似乎在较着什么劲,公共场所的问题一时还顾及不到,因此上停了好几辆奔驰奥迪的停车场一直就那样灰头土脸地隐藏在高楼之间。那几辆豪车是几位浙江福建老板的,他们曾为车子停放在这样土的停车场向看门老汉表达过不满。看门老汉一边收停车费,一边一脸漠然地说,给老板说去。老板就是开发这里的老板,浙江福建的老板是卖汽车卖黄金的老板。听到门卫老汉这样说,开豪车的老板明白给盖楼的老板说了也没多大作用,于是将手里的三元停车费气呼呼地递过去,砰地关上车门,车子从停的位置驶出时,后面腾起一股土雾。

现在,因为雨水的作用,那些曾经嚣张的土雾隐伏着。阳光金黄地倾泻下来,城市里的这处糟糕的地方,在这个周末的上午看上去,让人心里生出一些好感。

雨是昨夜何时下的，又是何时停了？不甚清楚，这几年的夜晚，能够早睡我就早早睡了。现在，谁不累呢？但这场悄然而至的春雨，除了让我看到一个新鲜的一天开始了之外，又强烈地契合了今天回到乡下老家的愿望。空气清新，春光明亮，通往老家的公路立刻清晰地浮现。

我在固原城里生活，父母居于西吉乡下。父亲今年七十二岁，母亲七十岁。两个真正的老人，生活在下堡子村的一处院落里。耕种着三亩土地，三亩土地里这些年来种的都是玉米。每逢周末，能够走开的话，我会回去看望他们。我是越来越愿意回到乡下陪伴父母了，周末待在城里，这些年又干了哪些值得回忆值得骄傲的事呢？城市将我们绑架着，在喧哗与骚动中，只感到身体越来越差，头发越来越少，脾气越来越不好。头脑麻木而迟钝，身体虚胖显得沉重。我对自己这样的面目和精神状态心生不满。我一次又一次对自己说，回去，回到乡下去，回到老家去，干农活，睡土炕，陪父母说话，看着他们在院子里走来走去，让我的双脚踏在土地上，让我的心情不再焦躁，心里不再莫名地担心，心中的重负能够放下。让我在老家平静地感受生活的本来意义。我被自己的这个想法激励着，为了回家方便，拿出这几年的积蓄，买了一辆小车，一辆国产的“奇瑞”轿车。这时候，我又一次看看楼下，那辆白色的小车安静地停在楼下，等待载我驶上通往老家的公路。

于是，我站在阳台上给家里打电话。父母现在各有一部手机。父亲的手机样子酷似以往的“小灵通”，信号清晰，操作简便，是我用预存话费获取手机的方式给父亲的。母亲的手机是二姐给的，一部翻盖的摩托罗拉手机。其实也不是二姐买的，是二姐在中学当教师的女儿晓娟买的，以二姐的名义给母亲的。我先给父亲的手机打，无人接听，又给母亲的手机打，在一段音乐过后，传来了母亲衰弱的声音。

母亲前段时间得了重感冒,在县上的医院挂针吃药,回到老家在炕上躺了三周时间,儿女们轮番伺候才逐渐痊愈,能够下炕走动。但这一场大病,使身体本来就不太好的她衰老了许多。我在手机里对母亲说,今天回家来呢,给你买些啥吗?母亲在那头说,给我不买啥,啥都不想吃,给你大买三几个苹果。我坚持说,给你也买个啥嘛,咋能空着手回家看你呢?母亲就说,要不给我买两盒颈腰康。我明白。颈腰康是治疗颈椎腰椎疼痛的药物,十年前母亲就开始吃这个药。有时来一回城里,大包小包往家里拿药。母亲说的买三几个苹果,我始终牢记着这句话的含义,三几个就是三五个,绝对不能多,父母已吃不了多少苹果了,多了就烂在那里了,烂了会让母亲心疼的。需要吃几个就买几个,买多了她会不高兴,有时故意不吃,把水果冷落在那里。按照她说的做了,母亲的情绪就好,脸上带着微笑,那微笑流露出来的信息就是,孝顺老人,不在花钱多少,理解、尊重老人的想法就是一种孝顺。

老人,许多地方是替儿女们着想的。我们都会有老了的那一天。

在小区隔壁的超市,我认真挑选了五个苹果五个香梨。又到药店用医保卡刷了两盒颈腰康。因为很少,我将这些东西托在手中,心中似乎也珍惜起了这很少的一些东西。回家去,父母在乎我们回来了,在他们居住的地方说话、吃饭,有一些笑声或者有一些叹息,让他们长年守望的地方有些许生气,不再空寂。父母在乎的大概是这些,不在乎我们带回了什么。

这一个上午,实质性的内容就是我给母亲打了个电话,母亲让我买几个苹果几盒药,我按照母亲的嘱咐做了,放在车子的后座上了。车子由儿子驾驶,我不会开车。儿子大学毕业了,现在一家公司上班,特意让把休假放在了周末。

最重要的,这个上午的核心是,我渴望回到乡下,这是主题,这个愿望让我一上午情绪高涨乐此不疲。从固原城去往西吉县兴隆镇下堡子村，选择穿越叠叠沟路线的话，沿途大致经过这样一些地方：叠叠沟，红庄，张易，马莲，到将台后，一路向南，就是兴隆镇、单家集这些集市。再就是张节子，我不得不提到的一个村庄，在这里，二十多年前我遇到了一个生命中十分重要的人，就是大家通常说的"家里的掌柜"的那个人，我妻子所在的村庄。张节子往南，就是我们下堡子。下堡子往南，就是玉桥村。

儿子驾驶着车子，他的驾龄还不长，年轻人老想让车子快起来。所以，我不断地说，稳些，稳些，别着急，不怕慢单怕站。儿子不吭声，眼睛专注地盯着路面。对于我说的话，儿子不直接反驳就是接受，就是听见了记着呢。我年轻的时候，对于父母的话，不同意的时候，就是狠狠地干活。父亲后来看出了我的这个特点，看我一使劲干活，就不说话了，只微微一笑。想到这里，在这个春天的上午，仿佛看见我七十开外的父亲头戴白帽，身着长袍，胡须飘飘，站在我家那没有院门的小院里，一会看看公路，一会看看天气。他向天空看什么呢？他是看天气晴着还是阴着吗？他是看太阳在哪个位置吗？

天气晴着，太阳照着山区的公路。路旁的田野里，有一些干活的农民，女人们一律用头巾裹着脸。山里的女人现在也怕晒黑了脸。公路上车流穿梭，田野里在阳光下劳作的人们寂静无声。柳树的枝条绽开新绿，山坡上一树一树的桃花开得正艳，一眼看过去，红的红，白的白。苍莽的山坡上，红的桃花白的桃花十分写意，精神十足地盛开在阳光里，就似一段清新温暖的句子，让人心头一热。固原乡下的春天，竟也这般好看了。

# 日子一天天过去

## 一

天亮的时候,城市的某一处,一只狗叫了起来,声音不急不缓,似乎不是向着某个具体的目标,而是向着天空。这样的叫声很散漫,使城市在黎明时分显出了难得的空旷。这只狗不知隐藏在哪个角落,从来没有见过它的面目,但在每一天的这个时候,总是要叫上那么一阵。它的叫声毫无攻击性,也不是要阻止一个陌生人的到来。它的叫声只是告诉城市里睡意正浓的人们:天亮了,起床了。

## 二

单位几年前搬到了城市的新区,距离我居住的地方有十五分钟的车程。每天上班需要赶车,原先是公务车,现在是通勤车,都是有时间规定的,早晨去下午回,也更加有了上班下班的样子。不似原来办公室就在住宅楼的前面,从家里面脚一展就进了办公室,身上早餐的味道还没有散去,就铺开稿纸写“本报讯”。现在上班去,从居住的老城前往新区,新区的单位办公楼高大气派,正面是玻璃幕墙,使办公室显得敞亮,采光又好,感受着温暖,于是写得更加起劲。下班后又从新区回到老城，除去周末，一天一天的日子就这样过去。一天一天的过得很慢，有时候你都希望这一天快点过去。但过去了的那些天那些年，你回头一看，又都很快。有些年头连些脚印都没有留下，轻飘飘地一闪而过。我上班的地方是家报社，任务主要是写“本报讯”。本报讯就是为报纸写的消息，消息一开头就是这三个字。我在这里工作已二十年了，二十年里似乎就是写稿编稿审稿，仔细想想，留下了些什么呢？肯定是留下了一些什么，不然，又是什么支撑着一个人在一个单位坐了二十年。在工作日的早晨，一张地方报纸，署着同事们的名字，带着油墨的味道，出现在办公桌上，那一刻，我的心中，疲惫中有一些充实，艰辛中有一点收获。报纸上面的某篇文章，在昨夜十二点还在修改，某篇文章的标题，经过版面编辑和部室主任的仔细推敲，反复修改，现在见报的，果然准确了，也流畅了一些，生动了一些，让人看着顺眼了一些，这是劳动的成果。这样的时候，心中会有一丝成就感，觉出这份工作的不易，也觉出这份工作的美好，愈加要珍惜的。但大部分时间里，自己没有写出什么，只是苍白甚至空虚地过去了，心中时常有着不安。

## 三

在天气晴好的那些早晨，或者下着小雨飘着小雪的早晨，我乘车去单位，途中总是看见一些人从行政中心附近的古雁岭下来，他们穿着运动服或休闲装，走在路边，甩着手，或者在走动中用手拍打着肩膀。这些人大部分是退休了的职工，小部分是城里的居民，他们刚刚登完古雁岭下来，走在回家的路上，悠然闲适的样子，让我比较羡慕。他们看上去浑身轻松，我坐在车里，心中却有着负担。今天有一系列工作要落实，我在思谋着如何安排才较为妥当。职责要求我的工作不能马虎,工作的时效性又强,节奏也快。肩上的担子里担着这些责任,我只有挺直腰板,眼睛向前,步子踩实,担当过去。也许,肩上的担子挑到某一天了,会放下来,交给替换的人。那时,我会和那些从山上下来的人一样吗？甩着手,走在路上,本该在上班的时候,却神态悠闲地往家里走。

## 四

我们生活在一个美好的时代。

对于上班族来说,这种美好之一体现在除周末之外,还有一些长假小长假。这是上班的人都很期盼的日子。放假了,可以去外面转转,放松心情,也将外面的光景看在眼里,自己的日子也有了参照。去大地方看了,觉得我们差距还大,去附近的城市看了,觉得我们变化也大,努力建设,固原这个地方也一天天变得让人喜爱起来,生活在这里,是有许多值得自豪骄傲之处的。因此上,长假小长假前夕,对于去哪里,同事们在单位的餐厅都会有一些讨论,互相提供信息或参考意见,假期里或远或近就都出去了。回来却在饭桌上诉说着路上的拥堵,景点的拥挤,食宿的不易,出去遭了罪似的,但下一个假期,又有人携家带口地出去了。很有意思。

## 五

我不大爱走动,一有假期,总想让自己沉静下来,在这些属于自己的时间里,能够完全由自己支配。比如,喜欢一个人坐在广场的一角,让阳光晒一晒;一个人站在河岸上,让那不大的水流从眼前无声地流过;或者,走一段山路,登上一个山头,望望山下的景色。这样的心思,用朱自清先生的话说,什么都可以想,什么都可以不想，便觉是个自由的人。所以，在这些假期里，我喜欢的方式是，选择一个日子，有太阳，无大风，不是大雨大雪的天气，沿生活的地方走一圈，且走且看，且看且歇，且行且珍惜。一个简单的行走路线，姑且称之为“固原一日游”。

行程如下，部分语气仿照旅游宣传单用语。

早餐：安排在五指广场郭家拉面馆。

早餐后，沿文化路向西，登古雁岭，观新区新貌，赏山花美景。约三小时。

午餐：安排在东海园区附近老白师泡馍馆。

午餐后，沿文化路向东，过清水河大桥，登东岳山。山风徐徐，山下的固原城沿清水河两岸延伸，山上鸟儿的鸣唱与寺庙屋檐下风铃的响声互为呼应，一唱一和。蓝天白云，草木之上，宠辱皆忘，身体轻盈，头脑空灵，一种幸福的感觉油然而生。平常是真，平安是福，山河悠远，人生短暂，若要行远，须自掌握。心存敬畏，心怀感念，常当自省，培育元气，此东岳山上，纳自然之气。人们不远千里，不畏路途艰辛，去登名山大川，是想领悟何种境界呢？

东岳山踏阶归来，沿路向南，至市区南河滩。这里距离固原城最早的繁华之处过店街、宋家巷不远，如今更是商贾云集，贸易繁荣，可作为购物之处，同时一览固原作为宁南区域中心城市之特产经营状况与风俗民情。

晚宿自家屋子，结束固原一日游。

## 六

一个小长假，从乡下老家看望父母回来，我宅在城市的楼房里写下这篇散文。天气忽阴忽晴，忽冷忽热。从窗子看出去，对面那条现代特征明显的大街上，人群像一条色彩斑斓的河流，各种促销的声音通过扩音器扩散开来，还有临时搭起的舞台上传来的歌声，在高楼的墙壁间回荡。汽车喇叭声不绝于耳，更显市声浩荡，场面宏大。

房子里有些潮冷，但街上的阳光这时看上去有些辉煌了，辉煌并且十分喧闹。

我坐在书桌前慢慢地看，看了一下午，看到街上的人一点一点少了，街上一点一点安静了下来。今天要过去了。

今天，终究是要过去，日子一天天过去。明天，太阳照常升起，新鲜的照耀万物的太阳，同样会热烈地照耀在这条喧响的老街，这条留下我们生活脚步的老街，这条承载着我们过去与未来的老街。

日子一天天过去，日子如期而至。

# 西海固，我的家

当我从我的家乡西吉玉桥那条砂石路上走出时，我急切地想知道西海固这块土地上的角角落落和我的玉桥有何不同。这一天终于来了，1997年，固原报社组织了一个系列报道“走向贫困角”，时任记者部主任的刘长青同志带我开始了一次远行。各自背着一个挎包，我们静悄悄地行走在一架大山里，一条沟道里，一段一段似有尽头又无尽头的羊肠小路上。我深深感激着我的双腿，它承载着一颗跳动的心，让我从西吉来到固原，从固原走向彭阳，走向泾源，走向隆德，走向海原。

彭阳县罗洼乡马涝村，位于彭阳东北部大山之中，交通极为不便，水自然稀罕。我们落脚的那家主人听说我们翻了四架山，是从五十里外的小岔乡虎沟村走过来的，二话没说，当即吩咐女人烧热水让我们洗脚。我们说水缺欠得很，不洗不洗，从小就是精脚片子跑大的。主人站在窑里的地上，郑重地说，你把脚泡一泡，是脚把你带到咱家来的，到了咱家里，就跟咱家里人一样，水再稀罕还没稀罕到省一脸盆的份上，你听我的话。我们沉默了一会，就听了。他端来了冒着热气的洗脚水，而且是一人一脸盆。我把脚轻轻地放进那盆热水里。我觉着彭阳东部山区的那盆水，不是洗着我的脚而是洗着我的灵魂。在泾源县东峡乡底沟村，一位回族少年在煮熟的洋芋旁放上了盐碗碗，然后把洋芋皮剥了，双手递到我的手中。他碗中端着的，是昨天的剩饭。隆德县大庄乡下湾村的一户汉族人家，知道我们是回族后，特意煮了鸡蛋，我们因赶时间没来得及吃就起身了，他们竟双手攥着鸡蛋从家里一直撵到了路上，塞进我们的挎包。在海原县徐套乡包牛套自然村，一位姓黑的年轻人端出了馓子和油香，看起来这两样东西平常是锁在柜里的。我们一进房门，他就洗了手，又洗了抹布，然后用抹布抹了铁盘，放上炕桌，开了锁子，将颜色黄亮的馓子和油香放在铁盘里，端到炕桌上。见我们不动手，他将盘在一起的馓子轻轻折断，一人面前放了一些，说，口到，口到。我们说刚吃了饭。他说，尝上一点，这是干了"尔卖里"的，你们口到了，我们全家都很高兴。而此时，在六月强烈的阳光下，他的妻子领着一个六岁，一个八岁的女儿，正从他们的窖里吊水，要抬到几百米外的地里去点灌地膜玉米。

一样的黄土，一样的村庄，一样质朴的表情，一样善良的眼睛。坐在瓜瓜山中罗川乡的一个山坡上，情感的潮水打湿了我的心头：

西海固，我的这么大的一个家啊。

我知道，这一辈子也许只能在这些地方去一次，但我不是过客，我和那些山里沟里洼里的农民一样，我也生活在这里的一块黄土高坡上，根扎在厚实的黄土里，承担着责任，抓挖着光阴，教育着孩子，祈求着平安，企盼着雨水，不顾衣衫褴褛，但求心灵洁净。

# 西海固情节

## 关心天气

天气说热就热了。

下午上班，办公桌上摆放着一叠来稿，一篇篇仔细翻过，内容均是抗旱备耕。阳春三月啊，我印象中本是一个湿润的季节，但现在，强烈的阳光透过宽大的玻璃窗，倾泻在我的办公桌上，脑袋于是逐渐发胀，心情逐渐焦躁。编辑着来稿，一会儿看一眼太阳，太阳照得我眼前发黑，我的意识深处，我的另一半成为了一个农人，站在自己干旱的土地里，看一眼太阳，看一眼土地，又抬起头看一眼太阳。

“沾衣欲湿杏花雨，吹面不寒杨柳风”，写诗的唐朝和尚已经作古，难道那种情节也随他远去了吗？朱自清先生不在了，那“像牛毛，像细丝，密密地斜织着”的春雨，又不知飘洒在何处的茅屋上？

于是就把希望寄托于中央电视台的天气预报上。

以往，看罢新闻联播就忙着换频道，现在却不，新闻联播说“谢谢收看”了，仍坐着不动，连那铺天盖地而来的“VCD”广告大战也尽收眼底。耐心出奇地好，就为了看天气预报，看宋英杰、裴新华、赵红艳、杨丹指点江山，看青藏高原东部是不是有一股较强的冷空气或东部沿海有一股暖湿气流向西北地区东部移动，看一定范围内的降雨是否把西北地区东部圈在其中。但常常，我所关注的地方只有一个太阳标志在那里闪烁，那个标志很形象，状如太阳不断喷射着炽热的光芒。上小学二年级的儿子争执着要看固原有线台播放的动画片《辛巴历险记》，我立刻怒目而视，小家伙吊着嘴,趴在一边不敢言语了。过了一会,他小心翼翼地问，爸爸，你在电视上寻啥着呢？

寻圈圈,看圈上了没。我没好气地说。圈上了没？他仍小声问。没有！我的声音躁得很，我心里有点着气。儿子赶紧跑到一边从书包里往外掏作业本。也有圈住的时候，天气预报说晴转多云，有零星小雪或雨夹雪。我的心里却是多云转晴，用指头指着荧屏上的一坨地方，心平气和地对儿子说，这达就是咱们固原，要下一点了。看着我庄重严肃的神情，儿子认真地点了点头。

白天上班的时候，我在办公室里就等待着那零星小雪或小雨的到来。我在四楼的办公室里注视着窗外的天空，天是阴着，但阴着阴着就起了风。一场风吼过，天空慢慢现出了蓝色，天又晴了，太阳又出来了。连那零星的一点都没有下，我仰天长叹了一声。

我热爱大自然，我热爱太阳，但是太阳啊，你为何如此地钟情我们这块更需要雨水的土地？

下午六点，下班了，回家吧，回家去看新闻联播，回家去看天气预报。我耐心地等待着一场透雨。

## 雨声

雨是在半夜里开始下的。

起初是风，掠过楼墙，就产生了沙沙沙的响声。响声在深夜里很清晰，如雨落在屋瓦上，落在玉米或葵花叶子上。我从床上坐起来，走到门边，外面黑乎乎的什么也看不见，楼下的那条水泥路，同样黑乎乎的。这条路给我的直观印象是，一下雨，哪怕下得很小的一阵雨，它立即会显出黑湿的模样，但现在，只是天气的黑。我把手伸向夜空，感觉到了风的凉意，但没有雨丝的湿润。我轻轻回来，静静地坐着，我怕惊扰了正在酝酿着的雨意。我坐着，怀着一种虔诚。终于，雨顺楼上的铁皮管子淌下来，溅出响声；后来，似乎大了一些，响声连在了一起，如一条小溪，从山谷里淙淙地唱出来。

久违的雨声，让这块土地感激的雨声，如一首深情的夜曲，在我的心上弥漫开来。

我又想起了那家人。

海原徐套，乡政府对面不远的一个红土山冈上，那家人正在打窖。窖口支着椽子，绑着滑轮，女主人领着两个女儿往上吊土，窖下是男主人，还有请来帮忙的三个堂叔兄弟。土是红胶泥土，很硬，四个壮汉每人挖几分钟，就要替换。挖一下，“嗯”的一声，镢头挖掘进硬土里的声音，人用力的声音，在窖口嗡嗡直响。吊上来的红胶泥土在六月强烈的阳光下显得黑红，土块硬实得一两脚都踏不烂。

我趴在窖口上说：“老乡，缓一下。”

“噢——”他出了长长一口气，“缓一下，缓一下。”他便蹴在窖底和我搭话，我看清了，一个干瘦的人，头上戴着白帽。

“不好挖吧？”

“土瓷实得很，挖了四天咧。”

“窖挖好了，水从哪拉来？”

“等雨么——”他往上翻了一下眼，很惊奇我这么问似的。“不下雨哪来的水，咱这又没个泉，不等雨等啥呢？”

“不下雨咋办？”

他啧了一下嘴巴：“雨少得很嘛，这已旱了十个月了，山干得都不长草了。要是下一场多好，你说，下一场雨多好。”他蹴着，脸却向着我，干瘦的脸上扯出了道道纹路。他在对我笑。我在窖口上，我想，他是不是把我看做要落进窖里的雨了。

我的心中一下酸酸的，“是该下一场了”。我慢慢转过了头，一旁，那两个十岁左右的女孩向妈妈要米汤喝，她妈妈瞪着女儿，声音有点严厉：“米汤是给你大（爸爸）跟你爸爸（叔叔）留的。怪不怪。早晨刚喝了茶，这会又要喝米汤。”

我拿了一块红土，默默离开了。身后，那“嗯嗯”的声音又在窖口嗡嗡响。

挖窖的那些男人，我忘了问他们的名字。许多个日子过去了，窖该成了吧，今夜，窖里总能蓄一些水吧。

雨——雨，大大地下，蛤蟆骨朵（蝌蚪）没长大。这是儿时的歌谣，此刻在我心中嘹亮着。我这样高喊，绝不是为蛤蟆骨朵。

## 绵沙湾

我记得很清楚，那个庄子叫绵沙湾。

那是海原县蒿川乡的一个村庄。

1995 年 8 月中旬，我随来自北京的一个考察团来到了绵沙湾。大正午，庄子里显得很静，只有几个孩子站在不远的一个高土台上向这边张望。日头的光线很强烈，在强烈的阳光中，一缕一缕白雾状的尘土飘飘悠悠却是前赴后继般向这批山外来客的脸上贴近，我们更感觉那尘土都有点烫人。庄子看上去呈一种干燥的白颜色。我们走进村口时，大家突然停下了。我们看见在一棵苍老的柳树下，平放着一盘石磨，石磨上泼上了水，一大群绵羊把石磨围得密不透风，羊群整齐地埋下头去，舔那石磨。它们舔得很专注，根本顾不得抬起头来看看到底来了些什么人，给人的感觉它们很忙。一部分人看得明白，默默无语。一部分人也许是真不明白，忍不住发问了，这羊怎么吃石头哇。有知情者就说，这是在饮羊。咱们这达缺水，饮羊时把水泼在石磨上，不容易蒸发，让羊舔石磨止渴，是没有办法的一种办法。听懂的人便感慨了。

大家一起往前走。我走在后边，正当我要走过羊群身边时，我看见一只黑头绵羊抬起头看了我一眼。那一眼让我内心深为震撼！那双温顺的羊眼充满了对人类的感激和爱戴，那仿佛是一双会说话的眼睛，那双眼睛似乎在说："人们啊，你们看，我们的主人刚从地里回来，口渴得厉害，却将一盆水洒在石磨上，让我们舔。我们感激你们。"

看了我一眼后，那只羊又继续埋下头舔石磨。一瞬间，我站在羊群一边竟迈不开脚步了。

走了一段土坡，从一个拱形土门钻进去，迎面是两孔低矮的窑洞，男主人是个戴白帽的中年汉子。他在院子里一边回答着人们的问话，一边不好意思地搓着双手说："这里就是缺一口水，大老远的路上跑来，喝不上一口。"又拉这个拽那个让到他的窑里去坐一坐，"进去缓一缓，窑里凉快，进去缓一缓沙。"他不住地让着客人。终于，有几位女同志掀开门帘走了进去。见没有男人们进去，男主人仍站在院中。

一个人突然指着院中土墙跟下的一堆干柴问："这是烧炕的吗？"男主人愣了一愣，听明白了，连连摆着手说："不是的，不是的，这是冬上搂的发菜，等雨水着呢。有雨水了，就要在池子里淘，柴浮在上头，捞出去，池子下面的就是发菜。你看，就在这个池子里淘——"他手指着墙根另一侧，那里正是一个用水泥抹过的发菜池，只是，那个池子里积着很厚的一层尘土。

“窖里没水了么？”大约是本地的一个人，这样问。

“没有了嘛。”他脸上严肃着，唯恐人们不信，几步走到窖口上，揭开盖子，要证实自己的言语一般，趴在窖口上往下认真去看。于是又有几个人过来弯下腰往窖里看。

“要是有水，我起码要烧一口茶呢，你看你们嘴都干干地站着。”他的语气有些急促。

这时候，那几个女同志从窑里出来了，一个个表情很凝重，低声咕哝着什么。看见这边几个男同志手插在裤兜里，有点优哉游哉，一个圆脸盘的女同志突然发火了：“你们——怎么不进去看一看，看看他靠什么生活着？你们知道不知道，他的水缸里只有一点黄水汤，只有一点点了！”

“水是缺欠，就这么个地方嘛，水要是满足了，不跟你们城里人一样咧？！”男主人笑着说。“我打发女人到娃他舅家借水去了，天黑就能回来。”停了一停，又说，“这连心的雨多多少少下一场就好了。”满院子连一声咳嗽都没有。就在这一刻，我满脑子只有那三个字：绵沙湾，绵沙湾。

我是在 1998 年 4 月初的一个雨天写下这篇短文的。雨下了半夜，又从早晨下到了中午，我一面听着雨声，一面想起了并不遥远的那些往事。我想，有一天我重新走进了绵沙湾，那个中年汉子对我说，我们的窖里装上了水，眼下吃水不愁了，我高兴得很。我会握着他的手说，我也是，我也高兴得很。

## 下了一点雪

那一天，我在西吉马莲等候去固原的小面包车。

那一天的前一天，我们这个地区下了一场雪，在雪下的过程中，很多人（包括我们这些被农民称之为有工作的人）都趴在窗子上看雪，一贯麻木着的表情也似被雪激活了，显出了兴奋，兴奋之中谈雪，又透露着心底的心平气和，总之，下雪了，我们和我们的农民父亲们一样高兴。

是早七点的时候，天还没有亮透，天地间还残留着许多模糊的影子。但那车准时来了，人们先看见了车灯，在较远一些的地方闪烁着，愈来愈近了，灯光照着覆了雪的道路，灯光很红，雪看上去很白。人也不很多，五六个，在原地站着，上车的时候，大家互相看了看，有了一种谦让的意思。结果便是两位戴白帽的老人先上了车。

两位老人在后面座位上坐下了，都舒了一口气，用手摸了一把脸，一个看着车窗外，对另一个说，下了一点。

另一个说，就是，下了一点。同时把脸转过来，也去看车窗外那一片白白的山野。

两个脸上布满风霜的老人，同时“唉”了一声，又说，下了一点哟。他们的声音里，既有对“下了这一点”的感激，又有对“再下一点”的企盼。几名外出打工的马莲小伙子，坐在了一个车上，去的也许是同一地方，轮换着说下雪的时候，他在干啥，他们老大老妈在干啥。下了这一点雪，给小伙子们也带来了精神上的愉悦。

车到叠叠沟，下一陡坡时，为安全起见，司机让大家下车走一截，大伙应和着，愉快地下了车，踩雪走路。坡上斜停着一辆内蒙古的拉煤车，司机两手油污，一边修车，一边嘴里冒出了一句“他妈的这雪”。听见骂雪，走着的人都停下了，几个年轻的脸上瞬间生出了愤怒，走前一步说，吆，你不说你把式（技术）不行，反给雪怪病着呢，你真怪得没眉没眼哟。那内蒙古大汉一看上来这么多人为雪抱不平，一脸茫然着噤了声。

临进固原城，太阳突然跃出，强烈的光芒直照那雪。

晚上看电视，新闻节目里把这一场雪作为南部山区的一个喜讯，向区内外公布着，似乎南部山区从此就会好了许多。

这时间，那点雪已融化得看不见多少了。

# 一个人的除夕

腊月二十八将妻子孩子打发到银川，腊月二十九在飘雪的街上游走，踏着积雪，听临街的商店里传来满文军的《懂你》，感受着清新的雪气，身上哆嗦了一下，在回味这个哆嗦的瞬间，又哆嗦了一下。知道又感冒了。我常常这样，感动一次，就感冒一次。

春节联欢晚会照例从晚上8时开始，一如往年的开场，穿红戴绿的姑娘们起劲地扭啊扭，使劲地跳啊跳，色彩浓烈，气氛热烈，我却情绪低落，抱紧了两臂，坐在沙发上，头直往下垂。晚会进行到冯巩和周涛合作的相声时，冯巩那滑稽夸张的表情，周涛那些精彩逗人的段子，让我忍不住咧了咧嘴，有了笑意，我又一使劲，笑声就出来了：嘿、嘿。这个“嘿”声在屋子里传开去，我自己听上去，有些苍老，有些衰弱，如同一个老人的咳嗽声。一摸额头，竟有些发烫。原本打算看了赵本山的小品，才去睡觉，现在，坚持不住了，我还希望听到谭晶、高原红组合的歌声，由于我的不争气的身体，都等不到了。这个除夕夜，大约10点半，我已上床睡觉了。

时睡时醒，外面似乎很静谧，要这么一直静下去呢，突然间，鞭炮声爆炸开来，窗户上红光闪闪，听上去，像在进行一场激烈的巷战，响声时而集中，时而分散，有时候从一些高楼和巷道里隐约响来，有时候就在我们的楼下震天动地般爆响。吉祥羊年，终于到了。我半睡半醒，似乎就是一直在坚守着这最后一份信念，等待着那些激动人心的鞭炮声。这些冲击人心扉的声音响过了,似乎可以放心地睡去了。但是,且慢,我要向自己祝愿些什么,在一个人的除夕,电话、手机、小灵通这些我们平时一刻也离不开的通信工具,此刻却都沉默着,我一个个看着它们,随即将手机、小灵通挨个放在固定电话旁边,我站起身来,先用固定电话分别给手机、小灵通打,然后用手机分别给固定电话、小灵通打,再然后用小灵通给固定电话、手机打。我面带微笑,从容不迫地做着这些,那些悦耳的铃声一串一串响起,此伏彼起,显示屏一次一次大放光芒,阿拉伯数字组成的号码跳跃着,闪烁着,在我的心中激起了一些回响。静静地睡着,有些后悔没有回到父母的身边,没有躺在老家烧得烫人的土炕上。就用心回想了一遍老人的面容,又想起了刚刚分别的一些朋友们的笑容,想起了办公室里热烈的交谈,愉快的笑声……默默回想,心窝那里有些热,眼眶那儿有些潮,鼻子那儿有些酸。

有着这些相伴,踏实地睡一觉吧,早晨醒来,新的一年就开始了。

# 三月雨

这雨，就是朱自清先生所描述的那种雨了吧，像牛毛，像细丝，密密地斜织着。朱先生描述的是江南雨，那般温润地洒在乡下的茅屋上，荷了锄的农夫，披着蓑衣，向地头走，头上似乎没戴什么，眼角深深的皱纹里，竟溢出了老人式的感动。对于我，此刻坐于城里的高楼上，从这三月雨中遥望故里，恰是对了南方，雨，便一丝一丝地润出故里的柔情。

不由我不想到牛，这乡下人忠诚的朋友，此时，大概卧在铺了干黄土的圈里，默默反刍，神态安详，歇乏着呢。

木犁呢，木犁放在柴火上，羊伏在草窝里一样，暖暖地卧着，看院子里的湿润。

却有人，拄着一把铁锨，乐乐地上山去，披一块白塑料，随意地哼着，都是些欢快的曲子。

远远的山头上，笼起了一层薄烟。

母亲，我的母亲，定然坐在屋里地上的一张小板凳上，身边是装了麦子的新的旧的尼龙袋子、衣盆之类，母亲坐着，面对着门外，簸箕放在膝盖上。母亲在收拾麦种，把麦子中的土坷垃一个一个拣出来，扔到院子里，把秕一点的麦子簸出来，倒在身边的洗衣盆里。母亲似乎不注意正在下的雨，但是母亲的眼中，牛正走在地里，簸箕中那些兄弟一样紧挨着的饱满的红粒粒的麦子，被扬进了犁沟,它们一下贴伏在油油的土里,孩子吃奶一样幸福地吮吸着泥土的醇香。

村庄在雨中静默着,冬麦已是绿绿一片。

……

远方的故里,如星星,在三月雨中明灭闪烁。西吉城里的杏花还没开,不然,亮亮的雨丝湿了粉红的杏花,在清凉的空气中,那又是怎样的一种景致呢!

# 写写二姐

二姐小名玉子。

母亲生下她时，被前来看月婆的一个即将做月婆的坐了奶，一月内滴奶全无，奶奶借养了别人家一只奶羊，每天挤羊奶喂二姐。奶奶经常骑在羊背上，被力猛的白奶羊摔过无数跤，养活了二姐，二姐成为我们家中长得最出息的人。

在后来的岁月中，别人夸二姐时，奶奶每次都说："玉子是喝羊奶长大的。"语气中透着自豪，嘴两边的大括号也就深深地显现出来。

童年的二姐，一次在雪后的太阳光下，以一曲"北京的金山上光芒照四方"让那个冬天的村人大吃一惊，队长从墙根一团黄乎乎的光里站起来，眼睛微眯着，他说："文工队要是来要人，就让碎玉子去。"

文工队终究没来人，即使来了，二姐也不可能去，我们家那时成分很不好，队长的话只不过是他的一片好心罢了。

不过那句话，二姐后来对我说，使她每天下地干农活时就想，她从地里回来，文工队的人已坐在上房炕上，或者她给母亲拉风匣时，那个人从门口走进来。这个想法持续了四五年，以后的日子里还断断续续，延伸着她的一种希望，直到她结了婚。

姐夫是从党校毕业的，作为回族青年干部，后来被任命到一个部门担任领导工作。二姐也随着到了单位，闲来无事，学织毛衣，水平不断提高。他们的家离我工作的学校不远，我经常会去坐坐的。那是他们有了儿子以后。一日，我坐在她家的沙发上看电视，二姐边织毛衣边看，是一部有浓郁民族风情的歌舞片。姐夫从外面进来，看了一会，问："是个啥名字？"二姐说："四个字。"姐夫笑了："你是说名字叫'四个字'还是说四个字的名字？"

二姐低头不语，手却越来越快地织着毛衣，似乎要把一种什么想法牢固地迅速地织进衣服里。姐夫回过头来，朝我挤了挤眼。

以后的许多日子，去二姐家，我常听见已上小学的小外甥领着他的妈妈读"刀口手，马牛羊"，姐夫订给儿子的《启蒙》画报的空白处，布满了二姐的字迹，歪歪扭扭，然而一笔一画，后面的几页上，密密麻麻写的都是"古岚"二字，二姐说这是她的"官"名。她已成了一家厂子的工人，名字上了工资表，领工资时她要自己签名。

今年十月，我去北京参加几个月的学习，学习期间，二姐从那个遥远的小镇给我寄来了一封信，信上的正文虽认真书写，笔画齐全，但字迹个个透着拘谨，唯有末尾署名"古岚"二字，龙飞凤舞，刚劲有力。

# 宁大球场

我相信，宁夏大学毕业的学生，会对学校球场有一种特别的感情。

只要是周末，去宁大，什么时候都有人在球场上打球。

偌大的球场上，篮球、排球、足球三大球鼎立，明朗的阳光下，站在球场边上，如同站在海滩上面对海的涌动一样，人的心一下子年轻起来，记忆深处学生时代的情节一下嘟嘟嘟往出冒。

也曾在这样的时光，也曾这样在球场上奔跑，仿佛驰骋疆场。那是一种年轻的感觉，没有什么背景，那时人生的背篓里还没有装载许多世俗的东西，运球过人、二打一、投篮、盘球、突破、下底传中、大力射门，篮球也打得，足球也踢得，整个下午都在球场上跑动。如今，一次感冒发烧，却非得打针才能过得去。什么原因？真是空气中的病菌越来越多了吗？

面对一个波动的球场，我内心掩埋已久的激情被焕发出来。

很多个周末我都去宁大看打球，看得多了看出了这么一种情态，球场上的人玩得轻松、随意，我想是场上的人都明白，这是一种游戏，是一个出汗的过程，是一个愉悦身心的过程。很懂得这种游戏规则。我没有见到哪一个场地上比赛的双方为一个球的是非争执吵嚷而中断，游戏一般都顺畅地进行着。球打臭了，极少有人责怪，反而是队友用些俏皮的话化解了那一个“臭球”。我看出球场上的队员大多有这种特长，一边打球一边说俏皮话，有时大家笑一笑，有时不笑，但神态轻松，场上气氛和谐。打球的主旨很清楚：玩的就是高兴。

我在宁大操场上长时间注视着一个打排球的老外，我没有向周围的人打问他是哪国人？是英国人？法国人？我想这些不太重要。他的身高在自己的国家里也就算个中等个，但在宁大那天打排球的教师学生中间，却很有点显眼了。他一招一式打得很认真，自己如若打出个好球，赢得喝彩，庆贺的方式是紧跑两步，然后双臂在腋下张开，如同低空盘旋的鹰。没有接住扣过来的球，或球被打飞了，他总是积极主动地去捡球，球总是被近处或远处的学生扔回来，不管远近，他都要用中文说声“谢谢”。他戴着墨镜，看不清他的眼睛，但他脸上的表情，是一直微笑着。

宁大球场，真是一个好去处。

在自治区党校学习的日子里，在周末，只要有闲暇，我肯定在宁大球场看打球。

# 山中飞翔

农历六月初一。

我也是为了一个心愿，在雨中出发了。我相信，这是我生命中一个美丽的日子，一个亲近自然、亲近泥土芳香的日子，一个抚慰心灵的日子。

路太短了。站在山门下面时，我嗅到了来自草地的清香。山门古色古香，在雨中透着庄重气派。麦田就在脚旁，多好的麦子啊，快要成熟了，但过了今天，雨别下了吧，麦子现在不要雨水，雨，你往大西洋那一带去吧。可这个日子，我需要雨水，山雾轻笼，田野朦胧，雨落在青草间，雨落在山腰，淅淅沥沥濡湿了心情与眼睛。

一处屋檐下，一处自由的空间，风铃在雨中轻响，一山的寂静，心随愿动，清水洗尘，我得以自由呼吸。山下，村庄在雨中静默着，一种叫做感情的植物在这样的环境里接纳着雨水的滋润，山、雨、人如此和谐地统一在一起，心诚则灵了吗？

雨声中再次传来风铃的轻音。

清静之地放大着至真至美的情感空间。

青砖铺就的山路太短，水泥台阶砌成的山路太短，但这是一段风雨路，疲惫的心灵需要守护。我想轻轻地哼一支歌，唱给山林，唱给雨丝，唱给一座未完工的亭子。

那首歌是《懂你》，第一句是这样：多想告诉你……

感谢一座山,感谢生活。

我将我的右手庄重地贴在胸前,拨响心中的弦音:你的笑容是我一生的珍藏。

深夜来临,我感觉仍在一个山头,望着山下的景物,风响树摇,在两旁长满青翠草木的山道中,雨水在心中哗哗作响。我在我自己的世界里张开双臂,飞向天际,那一瞬间,风雨中的那座山便是豪华而悲壮的泰坦尼克号,载我在浩渺的大海上远航。所不同的是,这座充满灵性的青山,是我心中永不沉没的泰坦尼克。

那首题为《永恒的爱》的主题歌在六月的这个雨夜深沉回响,绵绵不绝……

# 我与足球

在固原师专上学那会儿，我爱上了足球，整个下午都在学校没长多少草的球场上疯跑。在班队中司职中场，时而插上助攻。印象中自中文系一年级开始踢球，至三年级毕业，进过一次球——是同伴一脚将球踢在门柱上弹下来，我用胸脯将球搡进去的。除此，别无建树，倒是在中场跑动如鹅，学得一手“大脚解围”，即一脚将球踢至前场，由我队前锋和对方后卫去抢，常常搞得前锋疲于奔命。没办法，这是学的中国国家队的传统打法“长传冲吊”，进不进球全看运气了，也偶有将球撞将进去的，自是欢呼庆贺一番。

参加工作后，无缘再在足球场上奔跑，只能当一个荧屏前的“铁杆球迷”，尤其是近年来，有线电视几乎天天有足球可看，天天可过一把瘾。下班回家即将遥控器抢于手，逐个频道搜索。意大利甲级联赛、德国甲级联赛、欧洲足球集锦，罗纳尔多、皮耶罗、英扎吉……足坛风云和足球大腕们一次次在我心中掀起狂澜。一逢中国球队的比赛，尤其是要实现“冲出亚洲”梦想的重大比赛，心马上绷紧了，不敢用力呼吸了，如履薄冰一般。我担心着某一个队员被对方一撞，便在场上滚来滚去，某一个队员被对方一贴身防守，立时扑倒于地。比赛常常被中断，不停地掷界外球，罚任意球，比赛在这些程序中变得索然无味。这样看得多了，想到了自责，大概是自己球踢得较差，影响了国家队的正常发挥。有例为证，世界杯亚洲区十强赛时，中国队首战伊朗队，我坐于电视机前时，中国队已2∶0领先，心中顿生豪气，眼睛一眨不眨对着国脚们，密切关注着一招一式。不料风云突变，伊朗队反以4∶2结束了全场比赛，我目瞪口呆，心中很是疑惑。第二场客场对科威特队的比赛，我咬着牙没看比赛，一直到第二天上班，小心翼翼请问同事，同事说："赢了！ 2∶1！"心中暗喜，我没看比赛算对了。

在主场与沙特队的那场风雨大战中，心中实在痒痒，捺不住又坐在了"绿茵场"前。看台上鼓擂如山摇，呐喊如地动，气氛空前。雨湿透了队员们的衣服，黑白相间的足球在绿草地上每一次滚动，都如一道闪电在我心中划过。一股悲壮在心中升腾而起。我想起了《真心英雄》中的那句唱词：不经历风雨，怎么见彩虹。但球怎么也进不到沙特队的大门，一次次期待着，一次次失望着，我有些口渴，遂起身去厨房倒水。

就在我左手端茶杯，右手执暖瓶的一刹那，我听到了解说员那激动得要哭一般的声音：球进啦！

## 我们的粮食

天还没有大亮，父亲在窗外喊一声我的名字，我条件反射一般就从被窝里坐起来了。穿衣服的时候，听见父亲已在院子里套牛了，传来那头牛一声沉闷的哞叫，牛都有些乏了。牛的枷套相互碰撞，发出一些响声。

我们要用架子车把山上的那些麦子拉回来。我被“套”在车辕里，父亲牵着牛，牛拉着车子，小妹跟在车子后面。从麦场边的那条土路，向庄子后面的那座山里深入。一连几天了，我们都是一大早就去山里拉麦，早晨天气凉爽，适宜干重活，到十一点的时候，能拉两趟。早晨麦穗子柔，拉动的时候不至于糟蹋很多。大正午很少有人拉麦。

一路都是上坡，没人说话，似乎这样能节省一些力气。山路上摆布着和我们的构成基本一致的拉麦队伍，都默默地走。头上的汗开始从几个方向往下淌，就看一眼山下的村庄。庄里人家的烟囱开始冒烟，那些烟高高低低、断断续续向空中飘，那些蓝烟表述着我们出力流汗，上山种麦、割麦、拉麦的实际意义，这样的早晨让人在劳动的艰辛中体味到了劳动的美好。这样一来，身体的疲劳似乎减轻了一些，人显得精神了，集中精力掌好车辕，向山坳里行进。拐过一个山头，村庄已在山的那边。

土路顺着山势，一个弯又一个弯，终于看见我们码起的那些麦垛子了。因为靠路的那块地里种着洋芋，只能把架子车放在地头，将那些麦子从地里背出来，再装到车子上拉下山。牛的缰绳被盘在角上，走到塄上去吃草，我们拿着绳子去背麦子。背麦子是有技巧的。绳子成双股放在地上，麦捆子要颠倒着往上摆，即一个捆子的头向上，另一个就要根向上。这样，背上的麦捆不会一头大一头小。我一次是背十个麦捆，放整齐了，将绳子的一头从双股形成的活口中穿过去，用一只脚蹬住麦捆，双手用力拽紧，但不能太紧，要给肩膀留下一个位置，这是凭感觉的，感觉差不多了，就迅速绾成一个活结。我先将自己的背起，然后过去帮小妹一把，在小妹往起背的一瞬，在她的后面把麦捆往起一提，麦捆子已沉甸甸地在背子上了，麦芒扎着脖子，汗蜇着被扎红的皮肤。更要注意脚下，因为是走在地塄边上，需时刻掌握平衡，不然，会滚到塄下的地里去。

麦捆子背到地头，再一个一个装到车子上，用粗绳捆紧，让小妹牵着牛在后面慢慢走，我掌着辕，一股风地向山下刮，父亲踩在车尾，起一个刹车的作用。但有些路段，一侧却是悬崖，须分外小心。掌辕的一定要认准车辙，胆大、心细，又不拖泥带水，准确通过。如果害怕悬崖，过于靠里，装得很宽的麦捆会"靠"在里面的山崖上，硬拉就有翻车的危险，车后的人又过不来，单凭前面一个人的力量又很难把车轮抬正，车子卡在山路上，进不得退不成，只有等上山的人帮忙。心中装着在山上拉麦的常识，我时缓时急，驾驭着车子在山路上腾起一条土龙。下得山来，父亲已跟不住车子了，我借着车子下山的惯性，一个人将麦子拉到了大场上。解绳子的时候，才感觉后背那里湿了很大一片。

这才是一趟，还有一趟，就要更吃力一些，出了很多汗，人很乏了。

拉到场上的麦捆子，要一个个立起来，被太阳晒一晒。吃过午饭，父亲会沿着梯子上到那摞了一半的麦垛子上，由我用长叉将那些麦捆子再一个个撂上去，父亲用一把铁镰将麦捆子一个个放到它们的位置上，直至摞成一个完整的大麦垛子。

过上一个月，麦垛子又会被拆掉，麦捆子被从上面一个个扔下来，被拖到场上摊开，摊成大圆，“手扶”拖着碌碡，就要转圆圈碾麦子了。

## 浪漫的阳子

妈妈没在身边，奶瓶就是妈妈，土也好，你尝了土不能吃，那就洒在头发和脖颈里。

爸爸没在身边，唐老鸭就是爸爸，你拽着它，去看桩上的牛，牛也好，用它温暖的舌头，给你洗脸。

房子很小，那就在院子里的湿土上，用你的运动鞋，打许多印记。木门关闭着，不然，你就到隔壁，去惹人家的黄狗了。

外祖母家的苹果树下，跳跃着小小的麻雀，它们的愿望和你一样，要尝一下果子，又不想被扣在筛子底下。

庄里的孩子们都唤你“阳子”。阳子在树林里穿行，在床上浪漫地舞蹈，在某天深夜，他从自己的被子里坐起来，睁着亮亮的眼睛，听雨落在屋瓦上。

有一天，暮色中，一切都静寂下去了，家门口的水渠畔上，阳子背着小手，对着遥远的某个地方，放开了稚嫩的声音：请把我的歌带回你的家，请把你的微笑留下，明天明天招手……

就像世界在这个时候呈现给人类一种美妙的恬静一样，世界也在恬静中倾听着这个嘹亮的童音。

# 营 生

早晨七点，马志科的清真饭馆里就有了响动，他捅开炉子，就去捡菜、洗菜，妻子来菊花拉响了鼓风机烧开水，随后开始和面。在冬天的早晨，将台堡的这个角落很快便有了热乎气儿。

八点左右的时候，三四个外地来将台卖缸卖米的客人就来吃早点。一般地说，西海固农村里人还不太习惯吃早点，有些地方根本没有“早点”这一说法，早点往往让人想起点心之类，这个说法目前还只限于这里的干部职工。要说吃嘛就是说早晨吃上一口，常常是烤一个馒头，喝一盅热茶，压压饥、暖暖心便忙活儿了。但外地人不，他们吃早点是相当讲究的，要菜，要粥，要锅盔，饭毕，抹一抹油嘴，一心去张罗摊子。

小马是将台南边的玉桥乡人，夫妻俩把幼小的孩子托给母亲照看，上这里来“闯天下”。来馆子里吃饭的多半是附近单位、学校里的人，有些单位没办灶，有些单位灶上伙食不太好，就多走几步路，来小马的馆子。这里的桌桌凳凳整齐干净，更重要的是，师傅的茶饭好，饭的味道可口，认上了这个馆子。隔十天半月，有结婚的、庆贺什么的，事先来馆子里包席，言明几桌几桌，几个菜，还上什么什么，吩咐得一清二楚，接下来馆子里便一下忙开了，还得从家中叫帮手，帮上几天忙。逢集，也有从方圆山里来赶集的农人，来馆子里吃碗炒面，问妥了价钱，就放心地坐下，先要一碗茶水或面汤,吸溜吸溜喝着,等那油汪汪的炒面端上来。附近有几位老人,儿女们中有在外面上班工作的,老人的身上也就常有零花钱,有集的这天,便相约而来,一人要一碗汆面,坐上一桌,一个瞅着一个,慢慢地吃,慢慢地离去,似乎已成了一种规律。

日子在不知不觉中一天一天过,营生也便这样一天一天做。

冬天的阳光照耀在将台古老的堡墙上,金色的光线洒满了建成不久的红军长征将台堡会师纪念碑。

# 遇见杨歌

我是在一个小镇嘈杂的市声中遇见杨歌的。中午，太阳正热，空气中飘荡着一种油腻的气息，隔着几个人，他的憔悴的黄脸像面铜镜一样向我照射过来。我一下扬起了手，我说，嗨，杨歌——

他原来的名字叫杨明强，现在叫杨歌。我们是同学，他长我两岁。上高一时，不知哪根神经触动，我们爱上了文学。每人用64开的白纸钉一个笔记本，晚上临睡前必须写段话，念给对方听，有时思绪干枯，我便写“今天灶上又是洋芋菜，哪年哪月有俩小钱下馆子吃烩面”之类，博得他嘿嘿一笑。他常以故乡、老农、父亲等为题写诗读给我听，杨歌读诗时的那种诚挚的神情很打动我，我便一个劲鼓励说好。他认真了，问我：“真的吗？”我说：“真的。”听我这样说，他握笔的手向空中狠劲一挥，“继续写”，他说。他不知从哪里弄来了艾青、田间、何其芳、郭小川等人的诗集，大段大段抄录在他的本子上。他开始向地区的、区上的、区外的文学刊物投稿。高二第二学期开始时，他的一首诗在地区的一家杂志上发了出来，他很激动，一遍一遍看着他写的印成铅字的文字。他是痴迷诗歌，我担心他会走火入魔误了学业。那时候，我们所上的高中还是两年制，高二结束就要参加高考，我有意提醒过他。他遂努力做着功课，但对诗歌的热情有增无减，这年高考结束，他因数学、英语成绩太差而落榜，我却考上了一所师范院校。离别之后，我们之间书信往来。他信中的话语颇有点压抑，似乎为诗歌而痛苦着，他说他要去流浪，去云南、西藏、新疆、青海等一些地方。我劝他暂别诗歌，用心读书，考到我就读的这所学校来，我们一块奋斗。他却再也没有回信，我们一度失去了联系。假期回家，向同学打探他的消息，皆不知晓。我就专门跑到他的家里去了，他家距离我们上学的那个镇子有5里路，叫杨家堡子。在他家中我见到了杨歌，情况原来是这样：家中干活的三个姐姐都已出嫁，父母年事已高，于是他耕地、种麦、收割、打碾，他劳动、生活，他仍然写着诗歌。他向我拿出了一个本子，比我们上学自制的本子好多了，上面是成熟了许多的诗歌，一首首如他的村子一样别致，充满了生活味儿。

事隔多年之后，现在，我们站在小镇的街道上，阳光照耀着一街的人，一群羊正从我们面前走过，在小镇上学的那段时光令我们难忘。后来，杨歌向我谈起了他的婚姻。由于家境贫寒，他一直不敢找对象。去年，他在镇上一家杂货店买农具，那天正好是老板的女儿站柜台，他站在杂货店里不想离开了。他们一接触，一下子就接受了对方。“我和她都相信缘分。”杨歌说，“可是人家父亲不同意，主要是嫌我们家穷，她斗争了一年，铁了心不妥协。后来的条件是我搬过来，帮着经营杂货店，去年我们才结的婚。现在，我在老家和这边两头跑。真有意思，原来是麦子、洋芋、玉米养活着我和诗歌，现在又多了个杂货店。”杨歌的嘴角浮现出一丝调皮的笑意。

这天，我们在一个小饭馆里一人要了一碗烩面。